ハヤカワ・ミステリ

PAUL HALTER

死が招く

LA MORT VOUS INVITE

ポール・アルテ
平岡　敦訳

TOKYO HAYAKAWA BOOKS

A HAYAKAWA
POCKET MYSTERY BOOK

LA MORT VOUS INVITE

by

PAUL HALTER

Translated by

ATSUSHI HIRAOKA

First published 2003 in Japan by

HAYAKAWA PUBLISHING, INC.

This book is published in Japan by

arrangement with

ÉDITIONS LIBRAIRIE DES CHAMPS - ÉLYSÉES/

ÉDITIONS DU MASQUE

through BUREAU DES COPYRIGHTS FRANÇAIS, TOKYO.

死が招く

装幀　勝呂　忠

登場人物

アラン・ツイスト……………………………犯罪学者
アーチボルド・ハースト……………………ロンドン警視庁警部
サイモン・カニンガム………………………同部長刑事
ハロルド・ヴィカーズ………………………ミステリ作家
ヘンリエッタ・ヴィカーズ…………………ハロルドの長女
ヴァレリー・ヴィカーズ……………………ハロルドの次女
デイン・ヴィカーズ…………………………ハロルドの妻
ロジャー・シャープ…………………………デインの兄。奇術師
フィリップ・ケスリー………………………ヴィカーズ家の執事
グラディス・ケスリー………………………フィリップの妻
コリン・ハバード……………………………引退した医師
フレッド・スプリンガー……………………記者
シオドア・ヴィカーズ………………………ハロルドの父
スティーヴン・ヴィカーズ…………………ハロルドの双子の弟

1　切り裂きジャックについて

夕方の六時半をまわり、あたりは暗くなり始めていた。パブ〈ブリタニア亭〉の店内は、すでに客で混みあっている。最後の陽光が人影を金色に染め、飲み物をきらきらと輝かせていた。タバコの煙が立ち込める騒がしいホールでは、誰ひとり奥のテーブルに注意をむける様子もない。けれども、そこにはひときわ目立つ長身の男が二人陣取っていた。もっとも背の高さを除けば、二人はまるで正反対だ。アラン・ツイスト博士は年のころは六十ほど、あきれるほど痩軀で、愛想のいい上品そうな物腰をしている。色合いの異なる青を混ぜ込んだツイードの上着に、見事な赤い口ひげと白髪混じりのくせ毛がよく映えていた。黒い絹の細紐でとめた鼻眼鏡の奥から覗く、人のよさそうなブルー・グレーの目は、皺だらけの顔に似合わず子どもっぽい、優しげな口もとと好一対をなしている。ツイスト博士は犯罪学者である。難解きわまる怪事件があれば、人並みはずれた推理の才を誇る名探偵として、ロンドン警視庁もためらわず彼に応援を頼んだ。

ツイスト博士とむき合っているずんぐりした体格の男はアーチボルド・ハースト、もうすぐ五十歳に手が届こうというロンドン警視庁の警部である。いかなる不幸なめぐり合わせか、彼はこの〝難解きわまる怪事件〟にいつも遭遇するのだった。堂々たる巨体のハーストは、息づかいまで重苦しかった。わずかに残った黒髪をぴったりと撫でつけた下には、太った赤ら顔が広がっている。

ハーストは手の甲で口ひげを拭うと、長いため息をついた。

「犯罪者もすっかりさま変わりしてしまいましたよ。脳味噌の使い方を知らない、けちなちんぴらばっかりだ。大物犯罪者なんて種族は、もはや絶滅したんですかね」

ツイスト博士はパイプに葉を詰めると、何も言わずに火をつけた。

「下劣なちんぴら、小悪党ばかり」と警部は不平たらしく続けた。「ここ何ヵ月も、興味をそそられるような事件は皆無ときている!」

ツイスト博士は鼻眼鏡をなおしながら、からかうような目で警部を見た。

「これはまた奇妙な意見だね、ハースト君！　この前までかっかと頭に血をのぼらせては、自分は不運な人間だ、〝不可能〟犯罪が影のようにつきまとっているとこぼしていたじゃないか。いつも運命の悪戯で、途方もない殺人事件に巻き込まれるのは、天も知るところだなんて言ってたぞ!」

「そんな大袈裟な」とハーストはにこやかに笑いながら、馴れ馴れしい身ぶりで相手をさえぎった。「そりゃたしかに、むきになることもありますよ。でもそれは、気持ちを集中させるための方法にすぎません。驚きましたね。あなただって、わかってくれているものと思ってたのに」

ツイスト博士はしばらく考え込むと、鼻眼鏡をはずし、穏やかな声でたずねた。

「ようするにきみは、複雑な事件を抱え込むのが何よりも楽しみだというんだね?」

「ええ、それはもう……」と警部は思いきり胸を張って答えた。「そんじょそこらには転がっていない……特別メニューの事件でなくちゃ!」

実を言えばハースト警部は、こんな穏やかな時期をことのほか堪能していたのだった。すっかりくつろいで、うるさがたのエキスパートを気取れるのも、今なればこそだ。けれどもまさにその穏やかな九月の土曜日、〝特別メニュー〟の事件が盆に載って用意されていたとは、まだハーストは知る由もなかった。髪の毛を掻き毟りたくなるような密室殺人の謎が、すぐ目の前にあったのだ。「この事件が解決するまでに、すっかり禿げてしまわなかったとしたら、それこそ奇跡ですよ！」と警部は捜査の途中で、新聞記者のひとりに告白することになるだろう。

いたずらっぽい笑みが、ツイストの口もとに浮かんだ。

「もうそのくらいにしておきたまえ。縁起でもないぞ……」

警部は目を丸くした。

「どういうことですか、縁起でもないっていうのは？」

「きみがそんな話を持ち出すと、数日のうちに決まって奇怪な事件が持ちあがるからね」

警部はこめかみに青筋を立て、葉巻がちぎれそうなほど強く歯を嚙んだ。

「ツイストさん！」と彼は拳で荒っぽくテーブルを叩いて叫んだ。「そんなにわたしの週末を台無しにしたいなら……」

けれども、みんなが驚いたような目で自分を見つめているのに気づき、ハーストは言葉を切った。大声もぞんざいな振る舞いも、〈ブリタニア亭〉ではとがめられないが、やはり限度というものがある。ばつが悪いのを取り繕おうとして、警部はわざと豪快に笑うと、にこやかにビールを二杯たのんだ。

しばらくすると、先ほどの不機嫌もどこへやら、ハーストは友人にこう話しかけた。

「今、店に入ってきた男をご存知ですか？　ほら、あそこのカウンターにすわった」

ツイスト博士が目をむけた先には、やや時代がかったくらいに品のいい、ハンサムな青年が、ウイスキーのグラスを一気にあおっていた。

「こりゃ驚きだ！」とハーストは声をあげた。「ずいぶんと強い酒を飲んでいるじゃないか。ともかく、あんな様子は初めてですよ」

「たしかきみといっしょにいるところを、何度か見かけたような……」

「カニンガム部長刑事です。サイモン・カニンガム。まだほんのひよっこですがね。まったくもう、あいつら田舎もんは、ロンドンに出てきたら気取ってみせなきゃならんと思い込んでる……警視庁に勤めて三年ほどですが、その三年間、あいつのわざとらしいしゃべり方、ぎこちない物腰に悩まされどおしで……」

「すると彼は、きみの部下なんだね？」

警部は汗の滴る額に毛むくじゃらの手をあてた。

「ええ、なかなか優秀なのは事実でして。〝ひとり暮らしの老女殺し〟事件を憶えていますよね？」

「ああ。未亡人や離婚した女性、独身女性に恨みを持った男が、被害者の喉を浴槽で切り裂き、銀行口座の金や宝石箱を奪った事件だろ。わたしの記憶が確かなら、二年ほど前、犯人のモンタージュを新聞に発表したおかげで、血なまぐさい連続殺人に終止符が打たれたんだったな」

「そのとおりです」とハーストは言った。「あれはサイモン・カニンガム部長刑事の尽力によるものでして。犯人の外見について、目撃者の証言が毎回変わるので、なかなか容疑者を絞り込めずにいたとき、カニンガムが思いついたんです。みんなの証言をつき合わせ、基本となる要素を取り出して、モンタージュを作ればいいってね。簡単には変えられない表情とか、故意に隠した顔の特徴とか。そして似顔絵描きといっしょに、何時間もかけて目撃者の話を聞いたんです。息の長い仕事ですが、成果はありましたよ。そうやってできたモンタージュから、容疑者が浮かびあがりました。南仏あたりによくいる、腕っぷしの強そうな四十五歳の男です。モンタージュが新聞に載った翌日には居場所が突きとめられ、警察に追いつめられた犯人は自ら頭に銃弾を打ち込んだんです。死体は自宅のアパートから発見されました。犯人の顔は、カニンガム部長刑事と絵描きが根気よく作りあげたクロッキーそのままでしたよ」

ツイスト博士はもの思わしげに額を指でおさえ、詰問口調でたずねた。

「いやはや、アーチボルド君、どうして新米警官が――とあえて言わせてもらうがね――そんな重大な事件を担当することになったんだ？」

「もちろん、カニンガムがひとりで担当したわけじゃありませんよ！　けれども……」と言ってハーストは、皮肉っぽい笑みで顔を輝かせた。「あの若者をすぐさま……実戦につかせるのも面白いんじゃないかって思いましてね！」

「なるほど」とツイストは冷ややかに言った。

警部は両手を天にかかげた。

「ともかく、実験の結果は文句なしだったじゃないですか！　わたしがいなければ、今ごろ彼はまだ……」

「きみにも人を見る目があるってことだな。ときにはね」とツイストは言った。

「そうですとも」博士の皮肉にはまったく気づかず、ハーストはすなおに認めた。

ツイスト博士に褒められるなんてめったにないことだけに、ハースト警部は嬉々としてビールを飲み干した。博士はゆらゆらと立ちのぼるパイプの紫煙ごしに、さりげなく警部を見つめた。

「あの事件の話が出ると、どうしても連想してしまうな……もっと昔にあった、いっそう陰惨な事件のことを」

「……」

「つまり一八八八年の秋にロンドン中を震撼させた、血塗《ちまみ》れの狂人さ。ホワイトチャペルの娼婦たちを、見るも無残に切り刻んだ……もっとも実際は、皆が思っていたほど狂ってはいなかったのだけれどね」

「ああ！　あの……」とハーストは合点がいったらしく息をついた。

「もちろん切り裂きジャックは、金めあてで人殺しをしたわけじゃないが」

「そりゃ、もちろん」とハーストはからかうように繰り返した。

そんな皮肉は意に介さず、ツイスト博士は続けた。

「あの非道な事件について、きみはどう思うかね？」

「どう思うにも何も、ツイストさん」とハーストは、尊大そうな笑みを浮かべて言った。「それは公然の秘密じゃないですか！」

「公然の秘密というと」

「切り裂きジャックが最後の凶行を働いた一ヵ月後、ポケットに石を詰め込んだ溺死体がテムズ川から見つかりました！　ブラックヒースの学校で教師をしている、若い弁護士でしたが……ツイストさん、あなただってよくご存知のはずでしょう！」

ツイスト博士の目つきが厳しくなった。

「実は少し前に、父の持っていた古い長持を整理していてね。それは父の親友で、切り裂きジャック事件当時警視庁の警視だったメルヴィンという男が遺したものなんだ」

「メルヴィン警視……ええ、聞いたことがありますね……とても清廉な人物で、誰もが賞賛する警察官の鏡だったとか……」

「そう、その人さ」とツイストはうなずきながら言った。

「メルヴィンは余暇に犯罪学の研究もしていて、長持二つに論文がぎっしり詰まっていたよ……そのなかに奇妙な原稿があって、メルヴィンは表紙にこう書き残している。

〝良心にかけて、この原稿を破棄することはできない。わたしは神を信じている。いつか神のお導きで、これを読んだ者が必ずや正しく役立ててくれるだろう〟と」

アーチボルド・ハーストは一瞬唖然としていたが、すぐにぷっと吹き出した。

「その原稿に、切り裂きジャック事件の真相が明かされていたなんて言わんでくださいよ！」

ツイストは謎めいた表情で警部を見つめていたが、やがて目を伏せこう言った。

「真実はきみの想像がつかないほど惨いものさ」

「ご冗談でしょう、博士。いいですか……あなたのお人よしには、いつもながら驚かされますよ！　埃だらけの古本が見つかれば、それだけで中味まで正しいと信じてしまうんですから！　あなたがヴィクトリア朝にノスタルジーを抱き、古本を愛好しているってのはわかりますがね。だからって……」

「原稿を読んだあと、自分でも調べてみたんだが」とツイスト博士は淡々とした口調で続けた。「挙げてある出来事の事実関係は、正確そのものだった。思うに、切り裂きジャックの正体を誰も見破れなかったのは、奇妙と言うほかないな……やつの狂った妄念、心理は、あの殺人にはっきりとあらわれているのに……」

警部の顔に、疑わしげな表情がちらりと浮かんだ。

「その信じがたい真相というのは……何なんですか？」

ツイスト博士はそ知らぬ顔で黙っている。

「いいでしょう、わかりましたよ」とハーストは不満たらしく言った。「話すつもりはないんですね。そうやってわたしを焦らそうっていうんだ。あなたの魂胆はお見通しですよ。でも今度は、そううまくいきませんからね」

博士の沈黙はまだ続いている。

「かねがねわたしが気になっていたのは」と警部は横目で相手を盗み見ながら続けた。「切り裂き魔が使った方法です。彼は忌まわしい犯罪のあと、返り血をたっぷり浴びていたはずなのに、警察が張った網の目を抜け出たんですからね」

ツイストはにっこりした。

「いや、まあ……はっきりは教えられないが、たしかにそれが肝心な点だってことだけは言えるな。わたしと同様に真相を知ったうえで事件全体を見直してみると、よくわかるだろうよ。犯人が霧のなかに忽然と消えうせた謎こそが、恐るべき惨劇の中心であり、さらにはその源だったと。これはまさに、密室の問題なんだ。今はそれしか言えないが」

ハーストはじれったがるあまり、眼鏡が震えるほど大声でうめいた。それでもツイスト博士は、すまなそうに顔を横にふるばかりだった。

「申し訳ないが、その秘密はわたしの一存で漏らすわけにはいかないんでね。ともかく、話題を変えようじゃないか。二つの事件に共通性があることに、気づいてくれたならいいんだ」

「そうおっしゃらずに、ツイストさん」と警部は食い下がった。「お願いですから……」けれどもハーストは、そこで突然言葉を切った。ふと見ると、ホールの隅にある電話ボックスのほうに、カニンガム部長刑事が歩いてゆく。

「やあ、カニンガム！　こっちへ来ないか！」とハーストは声をかけた。

驚いたサイモン・カニンガムが飛びあがったひょうしに、形のいい鼻のうえで眼鏡が小さく跳ねた。背は高からず低からず、洒落た服を着て、まずまずハンサムな部類に入るだろう。けれども大きな眼鏡と、短く刈った髪の下に広がる額のせいで、場違いなところに来てしまい途方に暮れている勤勉な学生のようだった。どちらかといえば青白い顔にぽっと赤みがさし、態度も妙にぎこちない。本当はとても内気なのに、わざと磊落に振る舞っている。そんな感じが見てとれた。

「ツイスト博士を知ってるだろう？」とアーチボルド・ハーストは、若い警官がどきまぎしているのを面白がりながらたずねた。

「ツイスト博士ですって！」とカニンガムはびっくりして聞きかえした。「あの、その……ぼくはあなたの大ファンなんです……ロンドン警視庁のサイモン・カニンガム部長刑事です。初めまして」

ツイスト博士はにっこりと微笑んだ。

「いっしょに一杯やらないかね？」

「ええ……よろこんで……」そう言ってカニンガムは、あせったような目で電話ボックスを見やった。「でも不躾とは存じますが、少しだけ失礼させていただけませんか……大事な用事で、電話をかけねばならないものですから」

カニンガムが電話ボックスのドアにぶつかりながら、あわててなかに飛び込むのを見て、ハーストはもじゃもじゃの眉をひそめた。

「今夜はいったいどうしちまったんだ、あいつ」

「女を捜せってことだろうね」とツイストは平然とした声で言った。

「そのとおりかもしれませんな」とハーストはしばらく考え込んだあとに答えた。「婚約者と揉め事か……何しろ、ぞっこん惚れ込んでいる相手だ。彼があんなふうになるなんて、原因は婚約者のこと以外ありえませんからね。ところで、あの先生が付き合っている相手が誰だかわかりますか……さあ、見事当てたらおなぐさみ！　ハロルド・ヴィカーズの娘ですよ！」

「ハロルド・ヴィカーズだって……あのミステリ作家の？」

ハーストはうなずいて、ため息混じりに言った。

「あいつに恋人ができるなんて、まったく意外ですよ……とっても不器用なのに」

2　奇妙な招待状

サイモン・カニンガムは電話ボックスのなかで、ヴィカーズ家の番号をまわしかけて手を止めた。今朝届いた手紙をポケットから取り出し、読み返してみる。手紙には、タイプライターの文字でこう書かれていた。

サイモン君

今夜の予定はすべてキャンセルして、午後九時にわが家に来てくれたまえ。とても大事な夕食会を催すゆえ、必ず夜会服を着用のこと。他言は無用。ヴァレリーにも、いや、とりわけヴァレリーには何も言わないこと。

ハロルド・ヴィカーズ

カニンガムは大きなため息をついて、番号をダイヤルした……

「こちらサイモン・カニンガムですが、ヴァレリーさんをお願いします」

「少々お待ちください」と受話器のむこうで女性の声が答える。「今、お呼びします」

サイモンはポケットからハンカチを取り出し、額をぬぐった。しばらくして、サイモンの耳に婚約者の声が届いた。

「あら、こんばんは。今夜の約束がだめになったんじゃないでしょうね！」

「実はその……本当に残念なんだけれど、ちょっと都合の悪いことに……」

「都合の悪いことですって？」ヴァレリーがあげた金切り声に、カニンガムは飛びあがって受話器から耳を離した。

「どんな不都合があるっていうの？」

「ええと、それが……」

「はっきり言いなさいよ」

「あの……何も話すわけにいかないんだ。きみの気持ちは、誰よりもいちばんよくわかっているさ……でも……本当に、どうにもならなくて」

しばらく沈黙があった。

「サイモン、わたしが今夜のことをどんなに楽しみにしていたか、知ってるわよね。あのお芝居は、めったに見られないのよ！　それに今夜が千秋楽だし……」

「心からすまないと思っているよ。心から……」

「誰か同僚の人に代わってもらえないの？」

「いや、仕事じゃないんだ……」

「仕事じゃない？　だったら、何なのよ？」

「だから、話すわけにはいかないんだって……」

「わたしに言えない用事ってわけ？　だったらサイモン、あなたの言葉がどうとられてもいいのね？　その不都合っていうのがどんな類いのものかくらい、教えてもらいたいわ」

「いや、その……夕食会なんだ……そう、夕食会……それ以上はかんべんしてくれよ」

「夕食会？　へえ、そうなの……」ヴァレリーの声はとても冷たく、そっけなくなった。「じゃあ、その夕食会へ行くことね。いいわよ、わたしは芝居に行くから。ひとりっきりで」

「ねえ、お願いだから、わかってくれよ……」

話がまだ終わらないうちに、がちゃんと電話を切る音がした。カニンガムは深いため息をついて受話器を置いた。

ヴァレリー・ヴィカーズ。作家ハロルド・ヴィカーズの娘……彼女とカニンガムが知り合って、もう二年近くになる。あれは父親の最新作が出版された記念パーティーの席だった。あの晩のことは、よく覚えている。ハロルド・ヴィカーズはフラッシュの光を受けながら著書にサインをし、ヴァレリーはひとりでテーブルにすわっていた……青いタフタのドレス姿が輝くようだった。肩のうえでしなやかに波打つ黒髪、青い大きな目を縁取る長い睫毛、ふっくらとした唇。ひと目見た瞬間、カニンガムは何のためらいもなく、ほとんど直感的に、彼女を妻にしようと心に決めたのだった。いっぽうヴァレリーのほうも――結婚なんてまだ考えてもみなかったけれど――おずおずと近づいてきたこの品のいい青年にたちまち魅了された。

「すみません。たいへん不躾とは存じますが……」と彼はいきなり早口で話しかけた。けれどもぎこちない動作のせいで、ヴァレリーのグラスにぶつかり、ドレスに大きくシャンパンの染みを作ってしまった。

ヴァレリーは一瞬被害状況を確かめ、それからぶつかってきた男のほうに目をあげた。

「あの……その……」とサイモンは喘ぐように言った。

困惑のあまり真っ赤になって、身の置きどころなさそうにしている青年を前にして、ヴァレリーは思わずころころと笑いころげてしまった。それから、ドレスが乾くあいだの二時間、二人きりでずっと同じテーブルにいた。喉をからしておしゃべりをしている人々には目もくれずに。翌日、バラの鉢がヴィカーズ家に届けられた。翌々日、サイモンはヴァレリーを有名なレストランの夕食に招待した。こうして二人は、週に二回ずつ会うようになった。いずれ結婚しようと心に決めていたけれど、正式な日取りはまだ未定だった。当初、ヴァレリーの家族がこの結婚に大賛成だったと言えば嘘になる。サイモンは家柄も違うし、まだ一介の警察官にすぎない。けれども、彼が〝ひとり暮らしの老女殺し〟事件に鮮やかな終止符を打ったとき、ヴィカーズ家の態度にも大きな変化が見られた。

著名なミステリ作家であるヴァレリーの父親ハロルドは、かなりの財産を相続していた。セント・リチャーズ・ウッド近くに立つすばらしい屋敷は、何世代も前から一族のものだった。周囲の者——妻、二人の娘、義理の兄——は、変わり者でひどく気まぐれなハロルドにじっと耐えていた。執筆のため、あるいは構想を練るために、平気で二、三日書斎に閉じこもる。その間は、いかなる理由があっても邪魔は許されなかった。ひどく饒舌になって、明け方までひとりで陽気にしゃべっていることもあれば、眉間に皺をよせてじっと黙りこくったまま、昼夜を問わず屋敷の部屋から部屋へと歩きまわることもある。何日も家を空けたあげく、早朝に酔いつぶれて帰ってくることすらあった。浮いた噂も数知れない。夫人のデイン・ヴィカーズはもの静かで毅然とした女性で、そんな夫の振る舞いにも文句ひとつ言わなかった。ときには爆発寸前かと、周囲をはらはらさせたけれど。ヴァレリーは両親に気に入られていたが、姉のヘンリエッタは違っていた。幼いころにあった事故のせいで、精神のバランスがすっかり損なわれてしまったのだ。ヘンリエッタはほとんど部屋に閉じこもったまま、絵の制作に没頭していた。しかし才能があると思っているのは、本人だけだった。デインの兄ロジャー・シャープは奇術師で、義弟とはなかなかうまくやっていた。ハロルドは好んで奇術のトリックをミステリの謎作りに応用していたので、ロジャーにもよく相談にのってもらっていたのだ。ロンドン警視庁の警官がしょっちゅう訪ねてくれば、仕事の役に立つだろう。当然のことながら、ハロルド・ヴィカーズはすぐにそう考えた。そこでサイモン・カニンガムも、喜んで専門知識の提供に応じたのだった。

息苦しい電話ボックスのなかで、サイモンは受話器に手をかけたままどれくらいじっとしていただろうか？ 彼はもう一度ハンカチを取り出し、額を拭った。ヴァレリーがあんなふうに腹を立てるだろうとは、充分予想していた。あとで父親の手紙を見せれば、彼女も理解してくれるはずだ。そうとも、とりあえずはうまく切り抜けた。何も嘘はついていないし、手紙の内容も明かしていない。あとは指示どおり大事な夕食会のために、夜会服を着て屋敷に行くだけだ。ヴァレリーには内緒にして。

サイモンが電話ボックスから出てきたとき、ハースト警部は友人にそっとこう話しているところだった。

「……ところで周知の事実なんですが、この変人作家はなかなかの発展家でしてね。まあ、ただの遊びでしょうけど……おい！ カニンガム！」とハーストは大声で呼んだ。「ここにすわって。それにしても、やけにしょげ込んでいるじゃないか！ どうかしたのか？」

「実は……」とサイモンは腰かけながら、小声で言った。「婚約者といっしょに芝居を見る予定だったんですが、行けなくなったと連絡したところなんです」

「そりゃまた、どうして？」とハーストは興味津々な様子でたずねた。

「いえ……その……」そう言って若い部長刑事は、困ったようにあたりをきょろきょろした。

ツイスト博士は助け舟を出すことにした。

「プライベートな話なんだからね、何もこの穿鑿好きのおデブ君に答えることはないさ。そんなことまでたずねるのは、越権行為じゃないか」

ハーストは肩をすくめると、話題を変えた。

「ところできみの……未来のお父さんはどんな様子かね？」それからツイスト博士にむかって、作り笑いをしながら続ける。「これくらい、聞いたってかまわないですよ…」サイモンは口に手をあてて、軽い咳をした。「すみません。でも、おわかりですよね。まだ筋を明かすわけにはいかないんです。未来の義父に知られたら……」

ツイスト博士はなだめるような身ぶりをした。

「よくわかっているとも！　なあ、ハースト君？」

「もちろん」と警部はつぶやいたけれど、そのしかめ面を見れば本心でないことは明らかだった。しばらく間を置いたあと、ハーストはもの思わしげに続けた。「つねづね不思議だったんだが、あんな突拍子もないアイディアをどうやって思いつくんだろうな……」

「たしかに」とツイスト博士もパイプをふかしながら、天井の隅をぼんやりと見つめて言った。「わたしもよく疑問に思っていたんだ。特に最新作の『翼の生えた死』を読んだときにはね。何てとてつもない想像力なんだろうって！」

カニンガム部長刑事は眼鏡をはずすと、真っ赤に燃えたタバコの先端に注意を集中させた。

ね」

「最後にお会いしたときには、びっくりするほど元気でした。声はかけてくれませんでしたけど。でも、誰とも話さなかったんです。新作の準備中で」とカニンガムは答えた。

「ほお！」とハーストは興味深げに言った。「どんな内容の？」

「密室殺人です」

おかしそうな笑みが、ツイスト博士の口もとに浮かんだ。ハロルド・ヴィカーズは、密室専門のミステリ作家として知られている。だからサイモンの答えは、言わずもがなだった。

「またか？」アーチボルド・ハーストは、ぶこつい手でこつこつとテーブルを叩きながらつぶやいた。

サイモンは遠くを見るような目をした。

「でも、はっきり教えてくれなくて……なんでも、信じられないような、とんでもない話なんだそうです。絶対に不可能な殺人事件……いえ、殺人が不可能なだけじゃなく…

「義兄で奇術師のロジャー・シャープこそ、ハロルドにとってアイディアの宝庫なんです。ほら、『死者はさまよう』という作品がありますよね……お読みになりましたか?」

「ああ、そう、憶えているとも」とハーストは興奮して言った。「犯人は地下納骨堂のなかに、まんまと被害者の死体を運び込んだんだ。たったひとつしかない入り口の扉についた封印を破らずにね。しかもちょっとした悪戯をして、この不気味な場所に陽気な色合いを添えるつもりなのか、棺桶の死体というか骸骨を入れかえて……おかげでもう、どれが誰の骸骨やらわからない始末ときた! 実に途方もない。彼の最高作のひとつでしょうな」

「そのとおり」とツイスト博士も口を挟んだ。「とりわけ犯人が、封印を破らず悪事に及んだ手口は見事なもんだ」

「あれはまさに、ロジャー・シャープの思いつきなんです。インド・ロープのマジックをもとにしているとかで」

「あの仕掛けを知っているのか?」とハーストは、好奇心にかられてたずねた。

サイモンは首を横にふった。

「いいえ、教えてくれませんでした……」

ボーイが泡立つジョッキを三つ、テーブルに置いて、壁灯に火をともした。明るくなると、サイモンが心配げに眉根をよせているのがよく見えた。

「作家っていうのは、みんながみんなヴァレリーのお父さんみたいなのかはわかりませんが……」サイモンはそうためらいがちに言うと、ビールをひと口飲んで、しばらく考え込んだ。「例えばですね、椅子にじっとすわったまま食事には手もつけずに、何かを見つめていることがあります。それからいきなり、〝なあ、おまえ、テーブルのうえに何がある?〟と奥さんにたずねるんです。その答えは、目の前にあるのに。あるいは、相手がいま言ったことを繰り返させたりします。全然、意味のないような言葉なんですよ。それから、急にインスピレーションが湧いたかのように、手帖を出してあれこれメモを取り始めるんです」

まったくわけがわからないとでもいうように首をふると、サイモンは言葉を続けた。

「そういえば、栄養管理について弁舌をふるうこともありましたっけ。規則的な食事の重要性を力説するくせに、本人はちっとも注意を払わないんです。歯の健康法についても、一言持ってました。〝咀嚼だよ！　すべてはそれにかかっている！〟〝みんな食べ物をきちんと噛まなくなっているんだ！〟〝……そのあげく、歯が抜けたなんて驚いている〟〝ほらどうだ〟そう言って、きれいに揃った白い歯列を見せるんです。〝虫歯なんか一本もないし、歯医者にかかったこともないぞ！〟なんて。もう五十歳近くですが、医者知らずだって話です。まあ、大袈裟に言ってるんでしょうけど」とサイモンは肩をすくめてつけ加えた。「たしかに、健康そのものだってことは認めざるをえませんが」

サイモンはまたひと口ビールを飲んだ。ハロルド・ヴィカーズの署名が入った奇妙な招待状のことが、脳裡をかすめた。

「ともかくあの人は、とっても変わり者ですね。いつだって、人が当惑するように振る舞うんです。ときどき思うんですが、もしかしてそれは……何て言うか……つまり、わざと自分を神秘のオーラで包み、みんなを煙に巻こうとしているんじゃないかって気がするんですよ。作品以上に本人の振る舞いのほうが奇怪なミステリ作家、という神話を作りあげているんじゃないかって……」

ツイスト博士が微笑むと、皺のなかにえくぼができた。

「小説には作者の人となりが反映されるというからな。つまりハロルド・ヴィカーズの作品が、複雑怪奇な精神のあらわれだとするならば、たしかにカニンガム君の説もありえない話じゃない。何事につけ、過激が好まれる嘆かわしいご時世だ。作家だって個性を打ち出さねば。だから日常生活でヴィカーズに奇行が目立ったのも理解はつく。そうでもしなければ、早晩忘れ去られてしまうだろうからね。そうきょうび、有名作家とは噂の的となる連中のことだ。手記を書いた殺人犯の女、酩酊したあげくに素っ裸で会議に臨んだ政治家、品の悪い口をきくテニス選手……ほら、スペインの女性歌手が小説を書いて、アメリカで大当たりしたことあったじゃないか……なんていう題名だったかな」

「そうそう！　ありましたねえ」とハーストはいまいましげに言った。「英語なんてひと言も知らないくせして、過去の売上げ記録をすべて追い抜くベストセラーになったんですから。『かわいいイカサマ師』って題名でしたっけ」

「やれやれ……」とツイスト博士はうんざりしたようにため息をついた。「つまり小説が低迷しているってことだ。そりゃハロルド・ヴィカーズには、まだまだ多くの読者がいるさ……でも、彼の小説だって以前ほど売れてはいないんじゃないかね」

ツイスト博士が問いかけるように見るものだから、サイモン・カニンガムは真っ赤になった。

「さあ……どうなんでしょうか。本人にたずねるわけにもいきませんから」

「ということはですな、ツイストさん。あなたが思うに、ハロルド・ヴィカーズは世間の注目を引いて、本の売上げを……」ハーストがくどくどと言った。

「そこまで言っとらんじゃないか！」とツイスト博士は珍しくぴしゃりとさえぎった。「たのむから……」

「あっ、しまった！」とサイモンが叫んだ。「もうすぐ七時になる！　行かなくては……」

「どこへ行くんだね？」とハーストが不躾にたずねる。

びっくりしたサイモンはあとずさりしながら、もごもごと答えた。

「家に帰って、支度をするんです……夕食会に行くための……」

「夕食会だって？　婚約者を連れずに……」そこでハーストは言葉を切ると、わけ知り顔でサイモンにウインクをした。「はは あ、わかってきたぞ……」

「違いますよ。夕食会っていうのは、警部が思ってらっしゃるようなものじゃなくて……その……」

「まあ、いいから」とハーストは鷹揚そうに言った。「それも若さの特権ってことだ！」

「本当に違うんです。まったくの誤解ですよ」とサイモンは真っ赤になってもじもじしながら言った。

　それからツイスト博士にうやうやしくおじぎをし、上司にはややそっけなく挨拶をすると、足早に立ち去った。

「女を捜せ《シェルシェ・ラ・ファム》か」とハーストは、意味深ぶった甘ったるい声で言った。そして、「問題はどの女かってことですな」ともっともらしくつけ加えた。

　けれどもツイスト博士は、若い部長刑事が出ていったばかりのドアに目をやりながら、首を横にふった。

「きみの思い違いだろうよ。あの青年は、もっと別の心配事を抱えていたんじゃないかな。とても緊張して、何かを恐れていたような……でも、何を？」

「まあ、おっしゃるとおりかもしれません」とハーストは面倒くさそうに答えた。

「ともかく今、きみに必要なのは、玩味すべき事件のようだね」

「ええ、そのとおり。でも、どんな事件でもいいってわけじゃありませんからね。食指を動かされるような、〝特別メニュー〟の事件でなくては！」と警部はうそぶいた。

　けれども、突然彼は椅子のうえで凍りつき、顔を充血させて友人の腕を握りしめた。

「どうしたね？」と博士は優しくたずねた。

　ハーストは答えなかった。不吉な胸騒ぎに襲われたのだ。長年の警察勤めで身についたそんな予感を、彼は何よりも恐れていた。とりわけ困難な捜査が始まる前には、いつでも虫が知らせるのだ。

3　死が招く

九時十分前、サイモン・カニンガムはヴィカーズ家の前庭に車を乗り入れた。玄関の近くに停車して外に出ると、彼はタバコに火をつけてあたりをうかがった。目の前に赤レンガの大きな屋敷が立っている。二階の窓の明りが、屋敷を取り囲む柏の古木に黄色く映えていた。サイモンは隣の墓地を見やって、ぶるっと震えた。墓地の近くに来ると、いつでも背中に寒気が走る。彼は目を背け、右側に視線をむけた。生い茂った木立の隙間から、微かに光が漏れている。茂みのむこうには、コリン・ハバード医師の住む家が隠れていた。近ごろどういうわけか、ハロルド・ヴィカーズはこのいっぷう変わった隣人に興味を持っていた。普通ならハロルドは、何か得るところのある人物にしか関心を示さない。警官とか歴史家、考古学者、それに奇術師とか……それならサイモンにも納得がいく。けれども、引退してバラ栽培に熱中しているあの医者に、どうして……サイモンにはさっぱり見当がつかなかった。しかし今は、どうでもいいことをあれこれ考えているときではない。彼は夜会服を注意深く点検し、吸いかけたばかりのタバコを踏み消した。準備完了、さあ行こう。

玄関に続く低い階段をのぼると、サイモンは呼び鈴を鳴らして出迎えを待った。三十秒ほどして、玄関ホールに足音が響いた。入り口のドアが開き、ヴィカーズ夫人のデインがあらわれた。夫人はサイモンの顔を見ると、びっくりしたように目を大きく見開いた。

「あらサイモン……あなただったの？」

ヴィカーズ夫人はきれいな女性だった。灰色がかった金髪を、頭のうえで丸く結っている。そのせいで、薄化粧をした魅力的なうりざね顔がいっそう引き立って見えた。けれども青い大きな目には、ほとんどいつも悲しみと幻滅の色が浮かんでいた。その晩、黒いスカートをはき、細かな刺繍が入っているほかは飾り気のないチュニクを着たデインは、ことさらか弱く、途方に暮れているように見えた。

「こんばんは、奥さん」と言ってサイモンはうやうやしく頭をさげた。「あのう……」

ヴィカーズ夫人は先を続ける間を与えなかった。

「でもサイモン、ここで何をしているの？　ヴァレリーはひとりで芝居に行ってしまったわよ。ずいぶん怒っているようだったけど……あの子が言うには、あなたはほかで用事があるとか。夕食会に招待されていたんでしょ……」

「そうですよ」とサイモンは驚いたような口調で言った。

「だったら、ここで何しているの？」

サイモンは目をまん丸くした。

「それじゃあ、聞いていらっしゃらないんですか？」と彼はおどおどした声で、丁寧に聞きかえした。

「聞いてない？　聞いてないって、何のこと？」

しばらく沈黙があったのち、サイモンは途方に暮れた目であたりを見まわした。吹き始めた風に微かな葉音をたてる木々に、助けを求めるかのように。

「だって奥さん、夕食会に誘ったのはあなたのご主人なんですよ！」

デイン・ヴィカーズは大きく目を見開いた。どうやら、よく事情が呑み込めないらしい。

「サイモン」しばらくすると、彼女は小声で言った。「あなたを招待したのは、たしかにハロルドなの？」

「ご主人と同じ名前の人は、ほかに知りませんから……」

「だったら、サイモン」とデイン・ヴィカーズは、ややそっけなくさえぎった。「夫が話しているはずだわ！　だいいち、どうしてはっきりヴァレリーに言わなかったの？　ハロルドから招待されたって。べつの女性のことみたいに、どうして誤解させておいたのよ？」

「何ですって？」とサイモンはむっとしたように言った。

「ぼくはそんなふうには、ひと言も……」

「怒り狂ってたわよ、あの子……」そこでデイン・ヴィカーズは言葉を切り、もの思わしげな目をした。「でもハロルドは、どこで夕食会をするつもりだったのかしら?」

サイモンは答えをためらった。きっとヴァレリーの母親は、ますます仰天するだろう。

「ここでなんです……」

ヴィカーズ夫人は呆気に取られた。玄関の黄色い明りのなかに、茫然と立ちすくむその姿がくっきりと浮かんでいる。あとに続く沈黙が、サイモンにはいつまでも終わらないかのように思えた。

「今夜は夕食会の予定なんて、何もありませんけど」と夫人は、昂ぶる声を抑えて言った。「食事は七時に、ありあわせのもので済ませました。あとは何も用意してませんよ」

サイモンはポケットから手紙を取り出し、夫人に手渡した。デインはなかを読むと、こう言った。

「まあ……ヴァレリーに何も言わなかったわけはわかったわ。ねえ、サイモン、きっとこれはたちの悪い悪戯よ。さっきも言ったように、夕食会の予定なんてないんだから。あら……でもおかしいわね……」彼女は注意深く手紙を調べた。「タイプライターの文字は夫のものだわ!」

玄関ホールの時計が九時を告げ、あとに続く静寂を夜の闇が包み込んだ。

「それなら……ともかく」とサイモンは口ごもって言った。「本人に確かめるのが一番なんじゃないですか?」

ヴィカーズ夫人はため息をつくと、ゆっくり首を横にふった。

「もちろん、そうでしょうけど……でも主人はいま、執筆の真っ最中で、昨日の午後から書斎にこもりっきりだから。あなたもご存知でしょ。そんなときは、何があっても邪魔するなって言われているのよ。どうせドアをノックしても、返事はないだろうし」

そのときタイヤの軋む音がした。サイモンがあわてて振りむくと、一台の車が屋敷の前庭に入ってくる。サイモンの車の脇に止まってドアが開くと、夜会服姿の男が降りてきた。それが誰か、サイモンにはすぐにわかった。《デイリー・テレグラフ》紙の記者で、ミステリ批評家としても有名なフレッド・スプリンガーだ。年齢は三十歳ほど、がっちりした体格の赤毛の男で、人好きのする顔をしている。スプリンガーはサイモンを見るなり破顔一笑した。

「やあ、カニンガムじゃないか!」二人は固い握手を交わした。「こんばんは、奥さん。遅刻じゃありませんよね……」

その言葉を、サイモンは手をふってさえぎった。

「ちょっと待ってくれ、フレッド。まさかきみも、夕食会に来たんじゃないだろうね?」

ようやくスプリンガーも、二人の様子がおかしいことに気づいた。そしてしばらく車のキーを弄んでいたが、サイモンから事情を聞かされると、上着の内ポケットを探った。スプリンガーが取り出した紙切れに、ヴィカーズ夫人とサイモンは急いで目を通した。手紙を打ったタイプライターは、明らかにハロルド・ヴィカーズのものだ。

フレッド君

今夜の予定はすべてキャンセルして、午後九時にわが家に来てくれたまえ。とても大事な夕食会を催すゆえ、必ず夜会服を着用のこと。他言は無用。

ハロルド・ヴィカーズ

「まったくたちの悪い悪戯だな」スプリンガーは心配そうなサイモンの目を見ながら、腹立たしげに言った。

一陣の風が葉叢をふるわせた。不安にかられたデイン・ヴィカーズは、夜会服を着込んで当惑している二人の男を見つめた。彼女は玄関前の階段を降りると、一瞬ためらってから屋敷の右側にまわり込んだ。夫人の意図を察して、スプリンガーとサイモンもあとに続く。屋敷の西側、二番目の窓が、ハロルド・ヴィカーズの書斎のものだ。閉じた鎧戸を、三人はしばらく注視していた。鎧戸の隙間から、微かな明りが漏れている。目と目でうなずき合うと、一同は引き返した。屋敷の角をまがるとき、サイモンは肩越しにふり返って、墓地の暗闇に続く石の小道を見やった。墓地から吹いてくる風に乗って、瘴気が漂ってくるような気がして、彼は肩をすくめた。

「さあ、なかに入って」とヴィカーズ夫人は戸口で言った。

「はっきり確かめましょう」

スプリンガーとサイモンは屋敷に入った。ホールは壁の下半分が羽目板張りになっていて、奥には黒っぽい柏の大階段が続いていた。壁灯の電球が発する乳白色の光を受けて、壁を飾る鹿の角が大きな影を投げかけている。左側には、扉が三つ並んでいた。デイン・ヴィカーズは二番目の扉を叩いた。サイモンとスプリンガーも、その脇に駆け寄る。夫人はもう一度、前より強くノックをした。

「ハロルド、お願いだから返事して！　サイモンとスプリンガーさんが、お話ししたいって！　大事なことなのよ！」

夫人はまたどんどんとドアを叩いた。その音が、ホールに虚しく響く。デインはうんざりしたようにため息をついた。

「返事なんかするわけないわ。そういう人なのよ」

「でも、なかにいるのは確かなんですか？」とサイモンがあらたまった口調でたずねた。

デイン・ヴィカーズはサイモンをじっと見つめた。美しい目にあふれる悲しみの表情に、サイモンははっとした。

「あなたも見たでしょ。鎧戸から光が漏れているのを」デインは疲れ果てた声で言うと、ためらいがちに鍵を見た。

「ともかく、夫がなかにいるのは間違いないわ。玄関を開けにきたとき、物音が聞こえたから。それに、ほら……」

二人の男はドアに近づき、息をひそめた。静寂のむこうから、微かにぱちぱちという音がする。

「暖炉に火が入っているのよ。わかったでしょ……」デインは苛立ちで顔を曇らせた。「それに、こんなの馬鹿げてるわよ！　もううんざりだわ。おかしなことばかりして」

彼女は拳で激しくドアを叩き、ノブをがちゃがちゃまわしては叫んだ。「ハロルド！　返事をして！　ハロルド、ハロルドったら！　開けてちょうだい！　お願いよ！　後生だから、ハロルド……」

突然、スプリンガーが表情を変えた。そして静かにするように手で合図すると、くんくんと鼻を鳴らしている。それを見て、サイモンとデインはますます呆気に取られた。

「へんだぞ」と新聞記者は不安げな声を出した。「何か……臭わないか？」

サイモンとデインも、大きく息を吸ってみる。

「わたしは風邪をひいているので、よくわからないけど……そういえば」とデイン。

サイモンはスプリンガーを見つめたまま、呆気に取られたように言った。

「おいおい、この臭いは……」

「フライだよ」と新聞記者が続ける。「間違いない」

三人は不審げに目を見合わせた。

スプリンガーが書斎のドアに近づくと、すぐにサイモンもあとに続いた。

二人はしばらく鼻を鳴らしていたが、やがてサイモンがふり返った。

「奥さん、どうも……誰かがなかで料理をしているようです！　ええ、たしかに」

フレッド・スプリンガーも黙ってうなずいた。

そのとき階段で足音がして、フィリップ・ケスリーが降りてきた。彼は妻のグラディスと、夫婦で屋敷の管理をしている。長身痩軀、何事にも動じない性格で、いかにもイギリスの執事《バトラー》然としている。ケスリーはしっかりとした足取りでホールを横切ると、うやうやしくたずねた。

「ドアを叩く音が聞こえたようですが、奥様……何かございましたか？」

デインから話を聞いて、ケスリーは顔を曇らせた。不安げな皺が額に刻まれる。

「調理場のほうでは、夕食の準備など何もいたしませんでした。間違いございません」と彼は明言した。「でも、たしかに……チキンの臭いが……」

ヴィカーズ夫人はまたドアを叩いた。今度は、さらに強く。

「ハロルド！　ハロルドったら！　ハロルド！」

夫人は身を屈めて鍵穴を覗き込み、しばらくしてから体を起こした。顔が引きつっている。

「暖炉に火が入っているわ……部屋の隅が見えるけど……ほかには何も」

わけがわからないというように、スプリンガーは首を横にふった。

「やっぱりこれはおかしいですよ。いつまでもこうしていないで、無理にでもドアを開けたほうがいいと思いますがね。きっとご主人に何かあったんです……」

「窓からは入れませんか？」とサイモンがたずねる。

「皆さんのお話どおり、鎧戸が閉まっているなら、無駄でございましょう」とケスリーが言った。「あの鎧戸は頑丈な鉄でできておりますから、どんなに手馴れた泥棒でも忍び込めません」執事は重々しい顔で、ヴィカーズ夫人のほうをむいた。「奥様、わたくしが思いますに、やはりドアを打ち破るほうがよろしいでしょう」

デインは目にいっぱい涙をため、ごくりと唾を飲み込んだ。今度はサイモンが身を屈め、鍵穴を覗いた。それから彼は思案顔で言った。

「鍵は穴にささっていない……きっと差し錠のほうをかけたんだな」

「主人は書斎にこもるとき、いつも差し錠をかけているの」とデインが言う。彼女にも事態の深刻さが、だんだんと実感されてきたらしい。「それにこの部屋の鍵は、わたしの手もとにはないし」

スプリンガーがノブをがちゃがちゃとまわしてみるが、やはりドアは開かなかった。そこでサイモンが提案した。

「別の鍵で試してみましょう！　部屋の鍵は、よく共通になっていることがあるんです！」

「でもハロルドは、いつも差し錠をかけているから」デインは両手で顔を覆いながら、うめくように言った。

「ご主人がなかにいると決まったわけじゃありません！　ドアに鍵をかけて、ちょっと外出しているだけかもしれません！」

たしかにサイモンの言うことももっともだ。そう思って、スプリンガーとケスリーはほっとしたように微笑んだ。けれどもデインは、夢中で首を横にふっている。

「ともかく、試して無駄にはなりません」と執事は言った。「すぐにとってまいりましょう」

ケスリーは調理場に続く奥のドアにむかった。そしてなかに入るや、すぐに鍵を持って戻ってきた。サイモンが鍵を受け取り、鍵穴に差し込む。何度か鍵をまわし、ノブを引いてみるが、ドアは開かなかった。

「鍵は合っていますが、やはり差し錠がかかっているようです」と彼はため息まじりに言った。

パニックがホールを駆け巡る。今や皆がはっきり思っていることを、執事が大声で口にした。

「鎧戸は閉まっていて、差し錠がかかっているとすれば……部屋に誰かいるはずです。もう、一刻の猶予もなりません」ケスリーは訴えかけるような目でサイモンを見た。

サイモンは頑丈そうな柏のドアを一瞬にらみつけると、何歩か後ろにさがった。

「ひとりじゃ足りないだろう」と言って、スプリンガーもサイモンの脇についた。「さあ、行くぞ」

二人はドアにむかって突進した。鈍い音がホールにこだまする。三度目の体当たりで、柏のドアはみしみしという音を立てて開いた。

目の前に広がった異様な光景に、スプリンガーとサイモンはしばらく立ちすくんでいた。椅子にすわったハロルド・ヴィカーズが、三人分の豪華な食事が用意されたテーブルに顔を伏せている。銀の食器にはサーモンと野菜、まだ湯気の立っているニワトリの丸焼きがふたつ、小さな角切りの肉、トレイにはチーズが盛られ、大きなカップにはブドウがあふれんばかりに積まれていた。二本のブルゴーニュ・ワインは、すでに栓が抜かれている。テーブルの中央には、きれいに飾りつけたキジが一羽。その両側に置かれた銀の枝つき燭台が、ゆらめく炎であたりを照らしていた。静まり返った室内に聞こえるのは、暖炉のなかで薪が燃えるぱちぱちという音ばかり。暖炉は入り口からむかって右側の壁にはめ込まれ、マントルピースには錫の水さしセットが置いてある。そのうえには角がいくつにも枝分かれした大きな鹿の頭、両側にはワーテルローの戦いを描いた二枚の絵が飾られていた。玄関ホールとの境壁にそって並んだ棚には、本やファイル、いろいろな資料がぎっしりとつまっている。左の壁際——テーブルをはさんだ暖炉のむかい側——には安楽椅子とフロアスタンド、そのすぐ脇に小さな低い丸テーブルが二つ置かれていた。壁は柏の羽目板張りになっていて、窓はひとつだけ。上下に開くありふれた窓で、金属のフックで内側から留まっている。半開きになったカーテンの陰から、白木の窓枠と閉じた赤黒い鎧戸が覗いていた。

ハロルド・ヴィカーズは、上半身をテーブルのうえに投げ出していた。両手で押さえた頭の半分が、ソテー用の大きなフライパンのなかに沈んでいる。その脇には、まだ火のついたアルコール焜炉があった。肉のかけらが散らばる、煮えたぎった片手なべの油で、ハロルドの顔と両手は焼け爛れていた。片方の手には、サイレンサーつきの拳銃がまだ握られている。右のこめかみ、耳のすぐ近くに穿たれた小さな黒い穴から、乾いた血の跡が顎の先まで続き、油と混ざっていた。その背後で燃えさかる暖炉の炎が、ハロルドの黒髪に赤く映えていた。銀食器もロウソクの光を受けて、きらきらと輝いている。この世のものとは思えない、身も凍るような光景だった。宴のテーブルと料理の香り……そのなかにハロルド・ヴィカーズが身を伏せている。銀の皿に載せたキジのように息絶え、二羽のニワトリのように焼かれて。

4 不可能犯罪

「何てことだ！」とサイモンはつぶやいた。「まるで自分の小説みたいに……」

彼は言葉を切ると、手を触れないように気をつけながら作家に近よった。スプリンガーも脇にやって来る。二人は目と目で合図し合い、死体に顔を近づけた。

戸口に立っていたヴィカーズ夫人とケスリーも、すぐに事態を呑み込んだ。ふらふらと倒れそうになったデインは、打ち破られたドアのノブにつかまった。壊れかけた上部の蝶番がきしんだけれど、外れる心配はなさそうだ。

フィリップ・ケスリーが身を屈めて、デインを支えた。

「しっかりしてくださいませ、奥様……さあ、お部屋にまいりましょう。すぐにお医者様をお呼びして、鎮静剤を出していただきます。さあ、奥様……ここにいてはいけません」

デイン・ヴィカーズは恐ろしい光景から目を背けると、握りしめていたドアを放し、ケスリーのあとについていった。

「遺憾ながら、警察にも知らせねばなりません」とサイモンが声をかけた。「ロンドン警視庁のアーチボルド・ハースト警部を呼んで、すぐに来てもらってください。ぼくの直属の上司なんです」と彼は申し訳なさそうにつけ加えた。

玄関ホールを遠ざかっていく足音が、スプリンガーとサイモンの耳に届いた。

「まったく奇妙な自殺だな」しばらくして新聞記者はつぶやいた。

「奇妙なんてものじゃない」そう言ってサイモンはポケットからハンカチを取り出し、汗ばんだ額をぬぐった。「おや、死体の足もとに手袋が……」

拾いあげようと手を伸ばしたスプリンガーを、部長刑事は押し留めた。

「触っちゃいけない。絶対に触らないで！」

スプリンガーは少し苛ついたようにうなずくと、窓際の床に目をやった。窓の真下に、何か置かれている。

「あれを見ろ！」

二人は死体が腰かけている椅子の脇をまわり込み、窓際にしゃがんだ。床にあったのは、透明な液体が入った小さなカップだった。それが白いナプキンのうえに載っている。

「水のようだな」とフレッド・スプリンガーは言った。

「ともかく、絶対に触らないで」とサイモン。「さあ、ホールに出て、警察が到着するのを待ちましょう。それまでは、誰ひとり部屋に入れてはいけません」

二人はドアの前でしばらく立ちどまり、縁枠に目をやった。ノブと連動したラッチボルトと差し錠のところが壊れている。木の部分が文字どおりこなごなに砕け、蝶番の脇にもひびが入っていた。

「わけがわからん！」とスプリンガーは言った。サイモンのほうも、彼に劣らず途方に暮れた様子だ。「自殺をするのに、どうしておれたちを招待したんだろう……まったく、わけがわからん」

サイモンはじっと考え込みながら、はずした眼鏡のつるを嚙んでいた。

「驚くにはまだ早いかも……もっとおかしな点がある。ああ、ヴァレリーが知ったら……」

「もっとおかしな点だって？」スプリンガーは、恋人を思いやるサイモンの心配などおかまいなしにたずねた。「どういう意味なんだ？」

「どうもあの死体は……」サイモンは書斎をちらりと見やり、すぐに目を背けた。「いや、警察の到着を待とう。この事件には、これ以上関わらないでおきたいんだ……ああ、ひどいことになった！」

数分後、ケスリーが玄関ホールに戻ってきた。

「ロンドン警視庁に通報いたしました。ハースト警部に連絡してくださるそうです」

て、遺体をちらりと見たあと夫人のもとにむかった。

アーチボルド・ハースト警部は追いつめられていた。敵がナイトを動かし、クイーンの道を開けば、警部のキングに王手がかかる。しかもこの場合、キングが必然的に逃げねばならないます目は二つ。そのうちひとつを、警部は自らふさぎかねないのだ。つまり残された逃げ道はひとつだけ。もしそこに先まわりされたら、ますますきわどい状況に陥る。いずれにしても、明らかに終局は間近だった。またしても、背高のっぽのツイストにしてやられたか、とハーストは心の内で毒づいた。

二人で夕食をとったあと、ハーストは家に来て仕上げに一杯やりませんかと博士を誘ったのだった。すっかりくつろいだ警部は、いつものようにチェスの対戦を申し出た。負け知らずのツイスト博士に、ハーストは歯噛みして悔しがったが、いつか雪辱を果たそうという期待は捨てていなかった。早晩、チャンスは巡ってくる。今夜はとりわけ気

「ヴィカーズ夫人の具合は？」とサイモンが不安げにたずねる。

フィリップ・ケスリーは大丈夫という身ぶりをした。

「奥様はお休みになっています。わたくしが鎮静剤をさしあげました。ヘンリエッタお嬢様が付き添っておられます」

「ヘンリエッタさんは、どんな様子で？」

「こう申しあげてはなんですが、とても落ち着いていらっしゃいます」と言って執事はため息をついた。「カニンガム様もご存知のように、ヘンリエッタお嬢様は、普通の方とは違いまして……何もおっしゃられないばかりか、眉ひとつ動かされませんでした。お医者様が来られるまで、奥様のもとを離れないようお願いしておきました。お嬢様はうなずくと、奥様の部屋のドアをぴしゃりと閉めてしまわれました」

玄関ホールの時計が十時十五分前を告げたとき、警察が到着した。その少し前にヴィカーズ家の主治医もやって来

力も満ちていたので、あっさり博士をへこましてやれるものと思っていた。出だしは上々で、早くも警部の脳裡には、「チェックメイトですよ、博士！」と勝利宣言をする自分の声が鳴り響いていた。ところが、何たることか！　そのあと、まったく予想外の展開が待っていた。今や奇跡でも起きない限り、彼に勝ち目はない。

ハーストはいまだ解明されていない事件について議論を持ちかけ、敵の気を削ごうとしたが、相手はまったく動じない。ツイスト博士の手がのび、ナイトをつかもうとした……

と、そのとき、電話のベルがけたたましく鳴って、博士は手を止めた。ハーストが勢いよく受話器をあげる。

「もしもし、ハーストですが」

電話で話を聞いているあいだ、赤ら顔の筋はぴくりともしなかった。

「まさか！　信じられん！」と警部は叫び、ついでにチェスボードを拳で力いっぱい叩いた。そして、戦のあとの惨状にも似た光景を満足げに眺めた。「いま行く」

警部は受話器を置いた。

「さあ、ツイストさん、セント・リチャーズ・ウッドに行きますぞ。カニンガム部長刑事の目前で、ハロルド・ヴィカーズが自殺したそうです」

現場にむかう車のなかで、ハーストはゆったりとくつろぎながら、絶妙のタイミングだったわいとばかりひとりにやついていた。あの電話のおかげで、敗北の屈辱を味わわずにすんだのだ。面倒な事件を前にしても、警部は上機嫌だった。

カニンガム部長刑事とスプリンガーが二人を迎えたのは、十時近くだった。ほかに二人の警官と写真係も少し前に着いたところで、すでにせっせと仕事にかかっていた。ハーストは戸口で足を止めると、親指で軽く帽子のひさしをあげ、目を細めて書斎をざっと見まわした。待ち構えている仕事の値踏みをする専門家、といったところだ。彼は葉巻を取り出し火をつけると、わざとしばらく黙っていた。それからカニンガムとスプリンガーのほうをむき、詳しい経緯を聞いた。二人が話し終えると、警部はもの思いに沈んでいるような表情で、うなずきながらこう言った。

「なるほど。それじゃあ、この部屋のものには何ひとつ、触れてはいないんだな。では、きみたちが受け取ったという招待状を見せてもらおうか」

二通の手紙に目を通すと、ハーストはサイモンの肩を叩いた。

「そうか、〈ブリタニア亭〉でかけた電話のわけがわかったよ……婚約者には事件を知らせたのか?」

「いいえ」とサイモンは痛ましい声を出した。「でも、もうすぐ帰ってくるでしょう。そうしたら、どんなにショックを受けることか……」

「使用人、ヴィカーズ夫人、娘二人のほかに、屋敷に住んでいる者は?」

「ええ、ヴィカーズ夫人のお兄さんが」

「ああ! 奇術師の……今、どこにいるかわかるかね?」

「ええと、その……」とサイモンは言いよどんだ。「たしかミュージック・ホールで公演中だと思います」

ツイスト博士は窓際に歩みよってひざまずくと、ナプキンのうえに置かれたカップを丹念に調べた。

「ただの水ですよ」と警官のひとりが、面白がるような笑みを口もとに浮かべて言った。「指紋はまったくついていません」

ツイスト博士はうなずくと、年齢に似合わぬ身軽さで立ちあがった。いっぽうハーストは、棚のうえのタイプライターに白い紙を差し込むと、四方から写真撮影中の死体をちらりと見やり、〝奇妙な自殺〟とタイプした。そして紙を抜き取り、招待状と見くらべた。「間違いない。二通の手紙は、このタイプライターで打ったものだ」

ツイストは腰を屈め、死体の足もとに落ちているひと組の手袋を、もの思わしげに眺めていた。警官のひとりがテーブルに身を乗り出し、こうつぶやいた。

「ブルゴーニュ風フォンデュか。角切り肉を熱した油に浸し……手にもしっかり火を通しと！」
「ついでに顔も頃合に」と写真係が応じた。
「さてと」とハーストはそっけなく言い放ち、部下の場違いな冗談を止めさせた。「見た目は異様な事件だが、疑問の余地はないな。ハロルド・ヴィカーズが自殺するに至った動機について、ここで云々する必要はないだろう。ひとつ思いあたる節もあるがね。長年ミステリ界に君臨してきた彼は、人気の凋落に耐え切れず、忘れ去られる前に自ら命を絶ったというわけだ……何とも奇怪なやり方で！」これが栄光の行く末だ、とでも言いたげな表情で、警部は死体を一瞥した。「順を追って事件の経過を見てみよう。ヴィカーズ氏は夕食会の招待状を二通送った。送った相手は誰か？　一通は有名な新聞記者で、ミステリ批評の専門家であるスプリンガーさん、あなたにです。もう一通はロンドン警視庁の部長刑事であるカニンガム君、きみにだ。手紙には、他言無用と念を押してあった。とりわけ、カニンガム君には厳重に。きみの婚約者で、彼の娘であるヴァレリーさんに知られると困るからね。要するにヴィカーズ氏は、驚愕の効果を少しでも損ないたくなかったんだ。二人が夕食にやって来る。でもそのことを、誰も知らされていない！　おかしいぞ……

しかし、それだけじゃない。書斎のドアをノックしても、返事がない。なかには彼がいるはずなのに！　ますますおかしい……

さらに強くノックするが、やはり返事はない。彼の身に何かあったのだろうか？　さあ、急いでドアを打ち破るんだ！」警部は身ぶり手ぶりを交えて、場面を再現した。

ハーストはそこでひと息ついた。そしてオーバーな身ぶりでテーブルを指さした。

「そしてほら、ごらんなさい！　この派手な演出を。ごらんなさい！　ロウソクに照らされた豪華な晩餐を。まだ温かいチキン、火のついたアルコール焜炉、そして部屋の主ハロルド・ヴィカーズが、こめかみに銃弾を受け、煮えたぎる油で両手と顔を焦がし、テーブルに臥せっている！

何と驚くべき、禍々しい自殺なんだ！　これぞかの人物にふさわしい引き際だ！　これ以外、ハロルド・ヴィカーズの死に方がありえるだろうか。いや、あるはずない」

　アーチボルド・ハーストは自らの熱演にご満悦らしく、芝居がかって少し間を置くと、こうしめくくった。

「それだけではないですぞ、諸君。それだけではない。傑作の仕上げ、謎を深める最後の工夫、それは水が半分入って、窓際に置かれた小さなカップだ！　ミステリ小説でよくあるように、いっけん意味のない瑣事のようだが、それが定石どおり謎の中心というわけだ。いかがですかね、ツイスト博士、この点についてあなたのお考えは？」

　そう話をふられて、博士は首を横にふった。

「そうですか。わたしにも皆目わかりませんね」とハーストは、ずる賢そうな顔で続けた。「でも、ひとつお教えしましょうか。この謎は、ハロルド・ヴィカーズ自身にもわからなかったんですよ」そう言って警部は、死体のほうをむいた。「いやいや、ヴィカーズ先生、その手には乗りませんよ。〝水の半分入った小さなカップが、どうして窓際に置かれていたのだろう？〟なんて脳味噌を絞って、眠れぬ夜をすごしたりしませんからね」

　ハーストは勝ちほこったように言葉を切ると、スプリンガーにむかってうなずいた。「さあ、フレッドさん。記事の準備をなさい。思いきりセンセーショナルにね。ハロルド・ヴィカーズの奇怪な自殺！　明日になれば、ロンドンっ子の話題はこれ一色になりますよ。いい仕事をすることです。せいぜいヴィカーズの期待にそえるようにね。そのために招待されたのですから。カニンガム、われわれはロンドン警視庁を総動員して、窓際に置かれた小さなカップの件を……おや、どうした？　部長刑事。まるで幽霊か何かのように、わたしを見たりして……」

「こんばんは、皆さん！」と言いながら、陽気な小男が部屋に入ってきた。検死医のローソンだと、カニンガムにはすぐにわかった。

　一同はローソン医師に挨拶を返したが、ハーストだけはますます驚いたようにサイモンを見つめている。

「おいおい、カニンガム、何とか言いたまえ」

カニンガムが真っ赤になって口ごもっているのを見て、ツイスト博士はチキンのうえに身を乗り出すと、穏やかな口調で話し始めた。

「ハースト君、たしかついさっき言ってたよな……」博士はくんくんとチキンの匂いを嗅いだ。「目下、最大の望みは〝特別メニュー〟の事件に行き当たることだって……間違いないかね？」

ハーストは危険を察知しながらも、動じなかった。

博士はちらりとハーストに目をやると、次にテーブルから死体の脇へと視線を移した。そしてぐっと身を屈め、煮えた油で焼け爛れた顔を調べた。

「食指を動かされるような、〝特別メニュー〟の事件。そうきみ自身が表現していたね、ハースト君？」

「ツイストさん」と警部は努めて平静を保ちながら言った。「場合が場合ですよ。そんな言葉遊びは、いかにも悪趣味かと……」

「だったら、きみの期待どおりじゃないか！」名探偵はハーストの言葉を無視して続けると、口もとに笑みを浮かべて立ちあがった。「そうそう、もうひとつ。きみの考えでは、ハロルド・ヴィカーズが自殺の前に、この料理を支度したのだというんだね？」

「もちろんですよ！」ハーストは両手を天にふりあげながら、むっとしたように答えた。

死体を調べ始めてから、まだひと言も発していなかった検死医が、そこで静かにこう言った。

「この遺体は少なくとも、死後二十四時間たってますがね」

5　現実が虚構と化す

アーチボルド・ハースト警部は目を大きく見開き、まるで凍りついたかのように立ちすくんでいた。いつもは丹念になでつけてある前髪が、額に垂れ下がっている。死のような沈黙のなかで、サイモンがおずおずと声をあげた。

「頰に流れ落ちた血が乾いていたので……死後しばらく経過しているのは明らかでした。途中で口を挟むのは失礼かと思いまして、警部殿。それに、あまりに自信たっぷりだったものですから……」

沈黙が戻った。ハーストはまるで生ける屍だった。すっかり目がすわっている。ツイスト博士は考え込みながらパイプを取り出し、検査を続けている検死医を見つめていたが、いきなりこう話し始めた。

「ハロルド・ヴィカーズは死後二十四時間が経過している。ということは、この演出を準備したのは彼ではありえない」そこで博士は、スプリンガーとサイモンにむかってたずねた。「きみたちがドアを破ったのは、何時ごろだったかね？」

「九時十五分でした。一、二分の違いはあるかもしれませんが」とスプリンガー。「その少し前に、玄関ホールの時計を見たんです」

サイモンもうなずいた。

「料理はどれくらい前から準備されていたと思うかね？」とまたツイストが質問する。

サイモンは新聞記者に目でたずねると、考え考え言った。

「どう見ても、チキンは焼きあがったばかりでした……自分で指を入れたわけじゃありませんが、片手なべの油もまだ煮立っていましたし……でも、もう焜炉のうえには載っていませんでした……料理は素人ですが、思うにせいぜい十五分から二十分というところでしょう……」

今度はスプリンガーがうなずく。

しばらく考え込むと、ツイスト博士はゆっくりと重々しく言った。

「この忌まわしい悪ふざけに興じた者は、また見事に……ともかく諸君、今われわれが目の前にしているのは、殺人事件に間違いない」

「殺人事件……」と新聞記者がつけ加える。「もっと正確に言うなら、密室殺人だな！ 謎解きの大家が得意中の得意とする」

「もうひとつ、奇妙な点がありますね」と検死医が口を挟んだ。「被害者は顔やとりわけ手の平に、一面の火傷を負っています。でもほら、手の位置を見てください。両手を頭に押しつけ、しかも片方の手には拳銃が握られています。自分でこめかみを撃ち抜いた人間が、こんなふうに頭と手を片手なべに突っ込むなんてありえません。片手なべはちょうどの大きさしかないのですから。それに熱した油では、直接触れている面しか火傷になりません……手の平一面が焼けるなんておかしいですよ。

もちろん、自殺の前にあらかじめ両手を油に浸しておいたとも考えられますが……あんまり現実的ではありませんね。もっとも、死体は死後少なくとも一日経過していて、油はまだ熱かったということは……」そこで医者は口調を変えた。「ともかくこの火傷は、死後に負った新しいものです。間違いありません」

「けっこう。その点については、これではっきりした」とツイスト博士は言って、テーブルいっぱいに並んだ料理にじっと見入った。「カニンガム君、たしかハロルド・ヴィカーズは、昨日の午後からこの書斎にこもったまま、まったく顔を見せなかったんだね」

「ええ、ヴィカーズ夫人はそうおっしゃってました」

「だとすればハロルド・ヴィカーズは、この部屋で殺されたのだろう。昨日の夕方ごろに。誰も銃声に気づかなかったのは、銃にサイレンサーがつけてあったからだ。その点については、家族全員と近所の住人にも確認を取る必要があるがね。ここまでは、まあ間違いない。次に新聞記者と警察官が受け取った夕食会の招待状だが、これは——まるで偶然のように——文面も署名もタイプで打ってある。恐るべき犯人が、手紙に指紋を残しているとは考えられないが、いちおう確認したほうがいいな。いかにも奇妙なのはそのあとだ。犯人は殺人現場に戻り——ずっと留まっていたわけもないだろうから——そして……見たまえ、おいしそうに調理された野菜を。フランス風にエシャロットやばら肉、ハーブも添えてある！　肉の角切り、こんがりと焼けたチキン……五分間やそこらでできる料理じゃない！　時間も材料も必要だ！　調理場には誰もいなかったんだね、カニンガム君？」

「はい。それもヴィカーズ夫人の話ですが」

「それではどこで、いかに、いかにしてこの料理を準備したのだろう？」とツイスト博士は重々しくうなずきながら続けた。

「誰にも気づかれずに、どうやってここまで運んだのか？　とりあえずそれはあとまわしにしておこう。証人に話を聞くまでは、はっきりしたことは言えないからね。けれどもひとつ確実なのは、犯人が九時近くまで部屋のなかにいたということだ。いや、少なくとも九時十五分前までは」

「たしかヴィカーズ夫人は言ってました」とサイモンがつけ加える。「ぼくの出迎えに、ドアを開けに来たとき、書斎で物音が聞こえたと。あれは九時五分前だったはずです。それからずっとドアの前にいて……」

「そこにわたしが到着したんです」とスプリンガーがあとを継いだ。「九時を一、二分すぎたところでした。みんなで屋敷の脇にまわり、書斎の窓から明りが見えるか確かめてから戻りました。時間にしてせいぜい、二分ほどです。もし犯人がドアから逃げたのなら、このときしかありませんあとはドアを破るまで、ずっと玄関ホールにいたんですから。窓から逃げたのなら、もう少し時間の余裕があったでしょうけど」

「だとしたってだぞ！」頭に血をのぼらせたハーストが、いきなり大声でわめいた。「どうやって抜け出したんだ？」

誰ひとり答えない。

「おい、きみたち」とハーストは不満そうに言った。「部屋には死体のほか誰もいなかったのは、間違いないいんだな？」

「絶対に、誰もいませんでした」スプリンガーはそう断言すると、赤毛を神経質そうにかきあげた。「ご自分の目で確かめてください。人が隠れるような場所は、どこにもありませんから。それにわたしたちは、警察の人たちが到着するまでホールで見張っていました。書斎に出入りした者は、誰ひとりいません」

「窓はどうだ？」とハーストは、一縷の望みを託すような声でたずねた。

「今とまったく同じ状態でしたけどね」とスプリンガーは、ちょっと皮肉っぽく答えた。「内側から金属製のフックがかかり、鎧戸も閉まってました。誓って本当です」

「ぼくも確認しました」そう言ってサイモンは、困りきったようにため息をついた。「それに何ひとつ触っていません。しっかり見張ってましたから」

「そのとおりです。彼には一、二度注意されましたよ」とスプリンガー。

ハーストは唇を噛んだ。くせ毛がまたしても額に垂れ下がる。概してこれは、とても悪い兆候だった。警部は唸り声をあげると、つかつかとドアの前へ歩みよった。

「鍵はかかっていないが、差し錠ははまっているな」

「ご覧になっておわかりのとおり」とスプリンガーが説明を加える。「もし犯人がドアを通って出たのなら、外から差し錠をかけたわけですよね。でもそんなこと、できるわけありません。だいいち時間の余裕もないのに、まったく無駄なうえに危険な仕掛けをわざわざするでしょうか？

馬鹿げてますよ」

ドアについた差し錠は、かなりの大きさがあった。壊れたのは、縁枠につけた金属製の受け金のほうだった。そこでハーストは、ちょっと試してみることにした。ポケットからハンカチを取り出し、差し錠のつまみに被せる。ねじでドアに固定した覆いのなかに、何とか差し錠を戻したもののの、それには少しばかり力がいった。

「鉄の軸棒を使って、ドアの外からこの差し錠をかけるのは、至難の業だぞ。さびかけて、ぎしぎしいってるから、簡単に動きやしない！」

「鉄の軸棒を使って？」とスプリンガーがたずねる。「つまり軸棒を鍵穴に通して、差し錠を動かすっていうんですか？」

「ああ、ありえない話じゃない」ツイスト博士は、自分でも差し錠を試すとそう言った。「でも、この錠では無理だろうな。ともかく……」博士は両側から鍵穴を調べた。「ともかくその種の仕掛けは、どうしても隅のあたりに跡が残るものなんだ。一見したところ、鍵穴のどちら側にもそんな痕跡はない」

「つまりドアの外から差し錠をかけるのは、不可能ってことか」とハーストは不平たらしく言った。「そう、絶対に不可能ってことだ。むろん、もっと細かく調べてはみるが、この面は期待薄だな。すると、残された解決はただひとつ……」

皆の注目がいっせいに集まるのを感じて、ハーストは九十キロの巨体をおごそかに起こすと、暖炉の前に歩みよって指さした。

「ここから、出ていったのです！」

火はほとんど消えていたので、ざっとなかを調べることができた。

「見たところ、煙突のなかに鉄柵はないようだな」とツイスト博士が言った。「けれども、明白な事実の前には屈せざるをえまいよ。ここから抜け出すのは、人間には無理だろう。せいぜい、小猿くらいしか……」

「勘弁してくださいよ」とハーストがさえぎった。声が怒りでうわずっている。「密室殺人事件に猿をもちだすなんて。想像力の枯れた小説家じゃあるまいし……」

「何ですって！」と、今度はサイモンが憤慨した。「密室の偉大なる先駆者エドガー・アラン・ポーのことを、想像力のない作家だとおっしゃるんですか！　お言葉ですが……」

かくして密室ミステリの起源について、侃々諤々の議論が始まった。何しろこの点については、それぞれが一家言持っている。ハーストは議論を早々に切りあげ、部屋にあるものすべてから指紋を採るよう、部下に命じた。

そしてますます不機嫌な顔で、暖炉の前を行ったり来たりしながら、こうつぶやいた。「どうしてこんな演出をしたんだろう？　夕食会や招待状には、どんなわけがあるんだ？　なぜ自殺に見せかけたんだろう？　そうでないのは明らかなのに。煮えた油に死体を浸したわけは？　半分水が入った、あのいまいましいカップには、どんな意味があるんだ？　犯人はどうやって料理の準備をしたのか？　その料理を、誰にも気づかれずにどうやって書斎に運び込んだのか？　そのあと、どんな方法で姿を消したんだ？　そもそも、こんな超自然的消滅を装う必要性があるんだろうか？　何もかも馬鹿げて、無意味なことばかりじゃないか！　どこで何をしていようが、わけのわからない出来事に遭遇するのは、いつだってこのわたしだ。冗談じゃないぞ。これはたたりだ！　ロンドン警視庁に入ってからというもの、まるで呪いのように、奇怪な事件につきまとわれる……」

「まあ、そう腹を立てなさんな」とツイスト博士がなだめる。「興奮のあまり、もっとも大事な点を見逃しているぞ。この種の事件では、まっ先にこう問うてみるべきじゃないかね。何のためにハロルド・ヴィカーズを殺したのか、この殺人で得をするのは誰かと」

ハーストはうなずくと、自分を責めるようにため息をついた。

「ツイストさん、あなたのおっしゃるとおりですよ。いつものようにね。ヴィカーズ夫人から話を聞けるようになったら……」

サイモン・カニンガムは汗をかき始めた。眼鏡をはずし、袖の裏で額を拭っている。

「警部、できましたらぼくは……この事件に関わらないようにしたいのですが……」

「気持ちはわかるさ」とハーストは優しく答えた。「まあ、かまわんだろう。ともかく捜査には、慎重にあたらねばならん。ヴィカーズ家は顔も広いことだし……どうしたね、カニンガム？　婚約者のことを心配しとるんだろ？」

「いえ、まあ、それもありますが……先ほどから何度もお話ししようと思いながら、その度に言いそびれていたことがありまして……憶えていらっしゃいますよね？　今日の午後、〈ブリタニア亭〉でごいっしょしたとき、ハロルド・ヴィカーズの次回作についておたずねになったことを」

「おいおい、カニンガム、小説の話をしとる場合じゃないだろ。現実のほうが、よほど厄介なことになっているというのに」

「だからこそなんです」とサイモンは困りきったように言った。「この信じがたい事件のもっとも異様な点が、まさしくそこにあるんですよ。ハロルド・ヴィカーズが殺された状況は、彼が執筆中だった小説とまったく同じだったんです！」

6　死者は真夜中にさまよう

「どうやらこの〝食指を動かされる特別メニュー〟の事件には、変わった味つけがなされているようだな」とツイスト博士は言った。事件の成り行きを嬉々として楽しんでいるのが、傍目にもよくわかる。

けれども、さすがに自分の言葉が不謹慎だと思ったのか、皆が呆気に取られて見ている前で、高名な探偵はおほんと空咳をした。

それから、長い沈黙があった。ハーストは顔を真っ赤にさせた。こめかみの血管は、今にも破れんばかりに膨らみ、汗のにじんだ額にくせ毛の前髪が張りついている。千々に乱れる心のうちを抑えるのに、警部はひと苦労だった。

ツイストは片手で鼻眼鏡をなおしながら、もう片方の手できまり悪げに咳をこらえていた（博士はめったに失言などしないのだが、たまにそんなことがあると、とてもうろたえてしまうのだ）。アーチボルド・ハースト警部は、何とか怒りを爆発させまいと、両手に持った帽子の縁を思いきり嚙んでいるが、帽子としてはとんだとばっちりだった。

「詳しく説明したまえ、カニンガム。詳しく……」

「実を申しますと」とサイモンは口ごもった。「実を申しますと……ぼくにも大したことはわからないんです。ヴィカーズさんは、謎解きの鍵までは教えてくれなかったので。ただ物語の冒頭、導入部だけを話して、どう思うかとたずねました。こんな話です。ある晩、夕食会の招待状をもらった人たちがX氏の屋敷に出むいたけれど、夕食会のことなんか誰も知らないというんです。X氏本人から事情を聞こうとしますが、彼は部屋にこもっています。ドアを破って入ってみると、X氏は食事の準備をしたテーブルに俯して、殺されていました。犯人が窓やドアから逃げたはずありません。どちらも、内側から鍵がかかっていましたから。

そればかりか、まだ湯気の立っている料理を準備し、運べるはずもないんです……ぼくが聞いたのはこれだけで、ほかに詳しい説明はありませんでした」

サイモンが話し終えたあとに、ハースト警部の荒い息づかいだけが続いた。やがて警部は口を開いた。

「冗談なんだろ、カニンガム？　さあ、白状したまえ！　冗談なんだろ！」

「そんな、とんでもない！」とサイモンは訴えるような声を出した。「だいいち、この話を聞いていたのはぼくだけじゃありません。ヴィカーズ夫人の兄、ロジャー・シャープさんも知っているはずです。もしかして、彼なら犯人が使ったトリックもわかるのでは」

「よし、まかせておけ」とハーストはどすの利いた声で言った。「その男が何か知っているなら、話してもらうさ。ほかにはどうだ？　カニンガム。少しでも、参考になりそうなことは……」

「ありました！」とサイモンは警部の言葉をさえぎった。

そして、だし抜けに窓を指さしたので、スプリンガーが思わず飛びあがった。「ヴィカーズさんはこうも言ってました。被害者の足もとには手袋が落ちていて、窓の下には水が半分入った小さなカップが、ナプキンに載せて置いてあったと。ちょうど……ちょうどあんな具合に！」

「明らかに」とツイスト博士が言う。「謎は深まるばかりだ。まるでハロルド・ヴィカーズが書いた小説のなかに、紛れ込んでしまったかのようじゃないか……ところでもうひとつ、質問があるんだがね、カニンガム君。婚約者のお父上はその謎を作るのに、何か参考にしたものがあるんだろうか？　実際の事件だとか、小説だとか」

「実はぼくも、そうではないかと考えてみました」とサイモンは、もの思わしげな顔で答えた。「前にヴァレリーから聞いたのですが、ハロルドさんとその父親のあいだで、夕食のときに口論が始まり、二人の仲がとても険悪になったのだそうです……でもそれは、ずっと昔の話で、ヴァレリーの祖父はもう何年も前に亡くなっていますし、ぼくもそのころはまだヴァレリーと知り合っていませんでした。それにぼくは、しょっちゅうここにお邪魔していますからよくわかるのですが……ヴィカーズさんがこのアイディアを思いつかれたのは、最近のことなんです。せいぜい、一カ月前かそこらでしょう。よく憶えてますよ。ひらめきは突然やって来ました。どんなきっかけだったのかは、正直言ってわかりません。その点について知っている人がいるとすれば、ロジャー・シャープさんでしょう。あの方にたずねてみてください」

そんなことは言われるまでもないとばかりに、ハーストは肩をゆさぶった。

「それも重要だろうが」と警部はしばらく間を置いてから言った。「ほかにも早急にすべきことがあるぞ！　犯人はどこから屋敷に出入りしたのか？　幽霊じゃないんだからな！　それにあの夕食だ。犯人はどうやって準備したんだろう？　そう考えると、必然的に犯人は屋敷の誰かか……あるいは共犯者が屋敷にいて、犯人を導き入れたかだ。急いで使用人の証言をとらねば……」

検死医が立ちあがった。

「さあ、すみました。遺体はもう片づけてけっこうですよ」

検死医が出ていくと、ツイスト博士はサイモンにむかって言った。

「ここへ来たとき、誰にも会わなかったかね？」

「屋敷に来たときですか？　いいえ、もちろん会ってません。さもなければ、とっくに申しあげてます」

「門の鉄柵あたりでも？」

サイモンは眉をひそめ、じっと考え込んだ。

「ええと、その……」

サイモンが言いかけたとき、ケスリーがやって来て、戸口でためらいがちにふり返った。

「お嬢様、おやめになったほうが……」

「通してちょうだい、ケスリー」そう叫んで若い女が入ってくる。

「ヘンリエッタ」とサイモンがなだめるように言った。「落ち着くんだ。そんなことしても、苦しみが増すだけだ……」

ヘンリエッタはサイモンを押しのけ、父親の遺体を見やった。警察官とスプリンガーは口を開きかけたけれど、ヘンリエッタの態度には何かしら皆を黙らせるものがあった。彼女は妹にそっくりだった。黒髪も同じなら、顔の形も同じ。ぽってりとした赤い唇、目を縁どる黒く長い睫毛、すらりとした完璧なプロポーションも同じだ。けれども、飛び出しぎみの輝く目は妙にすわっていて、どことなく気味が悪かった。ヘンリエッタは青い絹のスラックスと、赤いブラウスを着ていた。

彼女は遺体を見つめたまま、皆の質問を封じるかのように片手をあげた。フィリップ・ケスリーは、その場をとり繕ってサイモンに話しかけた。

「ヴィカーズ夫人のお医者様がお帰りになりました。心配はないとのことですが、奥様に質問なさるのは、明日までお待ちください」

サイモンは重々しくうなずくと、執事を上司とツイスト博士に紹介した。

「きみの奥さんも、事情は知っているんだな」とハーストがたずねた。

「はい、九時十五分近くに……」

「質問してもいいかね？」

「何なりとおたずねください」とケスリーはもったいぶって言った。

「けっこう。それじゃあ、カニンガム……いや待て、ロジャーズ！」

「はい、警部」と警官のひとりが答えた。

「ケスリーさんといっしょに行って、訊問を始めてくれ。ヴィカーズ氏を最後に見てからあと、各人がいつどこで何をしていたか、怪しい物音を聞かなかったかどうか、皆の行き来、調理場の使用状況など……何もかもだ。いいか、すっかり何もかもだぞ」

ロジャーズはため息をつくと、執事のあとから出ていった。ハーストはひかえめぶった咳をすると、ヘンリエッタをふり返り、話し出すのをじっと待った。

「すてきな絵になりそうね……」とヘンリエッタは言った。「ロウソクの灯った晩餐、横たわる死体……荘厳な場面だわ。色合いもすばらしいし。黒いスーツ、白いナプキン、銀の輝き、くすんだオークのテーブル……さっそく明日から、描き始めましょう」

ハーストは目を丸くした。ヘンリエッタには、何かしら人を不安にさせるものがある。その言動はもとより、外見にそぐわない低くしゃがれた声、妙に落ち着き払った顔の表情、青く大きな目までも。開いた瞳孔は、ろうそくの炎を映して輝いていた。

「でも、ヘンリエッタ」とサイモンは口ごもりながら言った。「亡くなったのは……お父さんじゃないか！」

するとヘンリエッタは、サイモンを冷たくねめつけた。

「ちゃんと目は見えているわ……それに気だって確かよ！そう、あれはわたしの父。絵のことなんか何にもわからない、能なしの！」それからヘンリエッタは、ハーストにむかって続けた。「父がわたしの絵をどんな言葉で貶したか、あなたにも聞いてもらいたかったですわ……祖父が生きていたら、あんなこと言えなかったはずよ。祖父を……シオドアおじいちゃんをご存知？　もちろん、知らないでしょうね。とってもすてきな人だった……わたしは祖父のお気に入りだったんです。よく膝に乗せて、優しい声でお話ししてくれたわ。わたしには特別な才能があるって、初めて認めてくれたのも祖父だった。そして絵を続けるように、励ましてくれた……祖父がいなかったら、今のわたしはなかったでしょうね。亡くなってから……もう五年になるわ」ヘンリエッタは再び遺体に目をむけた。「父と祖父は仲が悪くて、いつも口論をしていたんです……」

ここは黙って話させたほうがいい。そう知りつつ、ハーストは思わず驚き顔でたずねた。「口論ですって？　それはまた、どうして？」

「父が書いているような小説が、祖父は大嫌いだったんです。こう言って咎めているのを、聞いたことがあるわ。〝ハロルド、そんな小説はヴィカーズ家の人間にふさわしくないぞ！　わが家の名前に泥を塗るものだ！　わしはなにも、文学に反対するわけじゃない。むしろ文学好きなくらいだ。だがな、やれ死体だ殺人だなんてとんでもない。墓を抜け出る死者だの黒ミサだの、吸血鬼だのなんて……やめるんだ、ハロルド、わかったな！　わが家の不名誉になるような、禍々しい茶番には、これ以上我慢ならん！〟それから二人はいがみ合うようになり、父は祖父を耄碌老人あつかいするようになりました。けれども、ある晩のこと……今でもよく憶えているけど、わたしの十八の誕生日に、ロウソクを灯した夕食の席で……」ヘンリエッタの目に涙があふれた。「激しく言い争ったあげく、祖父は心臓発作を起こして……テーブルに倒れ込んだんです」

ハーストとスプリンガーはハロルド・ヴィカーズの死体にちらりと目をやり、途方に暮れたように顔を見合わせた。

「それで、亡くなったのですか？」とツイスト博士は好奇心をそそられたようにたずねた。「いいえ」と答えて、ヘンリエッタは目を閉じた。「すぐにではないけれど、三週間後に次の発作があって、それが致命傷になったんです。最初に倒れたとき、祖父はすでに死期が近いと悟っていたらしく、亡くなる前日、父にこう言っていました。〝おまえの奇行にも、いずれ神の裁きが下されるだろうよ、ハロルド！　さもなければ……このわしが墓から抜け出してくるぞ。どうしても、そうせねばならんときにはな〟って」

冷ややかな沈黙があった。皆の視線が死者にむけられる。ヘンリエッタは目を輝かせ、こう続けた。

「だから父があんな姿で死んでいるのを見て、祖父が襲いかかったのだと思いました」

再び沈黙が続いた。まるで部屋のどこかに、シオドア・ヴィカーズがいるかのようだった。

「祖父は亡くなったけれど、遠くには行っていません……」

「何ですって?」とハーストが、真っ青な顔で聞き返す。ヘンリエッタは遠い目をして、窓を指さした。サイモンが困惑したように咳払いをし、説明を加えた。

「ええ、ヘンリエッタのおじいさんが埋葬された墓は……すぐ隣にあるんです」

ハーストは窓をじっと見つめながら、霧に包まれた空き地に墓石が並ぶさまを思い浮かべた。それから激しく体を揺さぶり、そんな考えをふり払った。

「はっきり言って、父が死んでも悲しくも何ともないんです」落ち着き払った不思議な表情が、惨劇の場面を見つめるヘンリエッタの顔に浮かんだ。「すばらしいわ! 部屋に戻って、すぐに下絵を描き始めなくては。インスピレーションが消えてしまわないうちに。それでは、失礼して……」

「まだお聞きしたいことがあるんですがね。それに……」とハーストが言った。

「でしたら、明日いらしてください」とヘンリエッタはさえぎった。「おやすみなさい、皆さん。おやすみなさい、サイモン」そう言って微笑みかけるヘンリエッタのほうを、サイモンはちらりと見ただけだった。ヘンリエッタは勢いよく踵を返すと、書斎を出ていった。

玄関ホールから、足音が遠ざかってゆく。

「ヘンリエッタは普通じゃないんです」とサイモンは言った。「気が狂っているというほどではないんですが、とても変わり者で……子どものころ事故にあって、それ以来なんです。でも、ぼくの知る限り、おじいさんについての話は本当ですね。前にヴァレリーからも、聞いていますから」

「やれやれ、どうなっているんだ!」とハーストは大声をあげた。「もう十一時だというのに、捜査はちっとも進展していない。それどころか、どんどん紛糾するばかりじゃないか! まったくもう、ツイストさん、何とか言ってくださいよ!」

けれども博士は、黙ってしずかにパイプをふかすばかりだった。しばらく無言だったフレッド・スプリンガーが、サイモンにたずねる。

「執事とヘンリエッタさんが来る前に、何か言いかけていたよな。屋敷の近くで誰かを見かけなかったかと、ツイスト博士に質問されて。話すのをためらっているようだったけど……」

めまいに襲われたかのように、サイモンはふらりとした。

「答えるんだ、カニンガム」とハーストが命じた。「とても大事なことなんだぞ。もし誰かに会ったのなら、部屋のお膳立てを済ませて逃げる犯人かもしれんじゃないか。時間も合致するしな。答えたまえ、カニンガム！　さもないと、誰かを庇っているのかと疑われることになるぞ！」

「誰かに会ったとは言ってません」とサイモンは、真っ青な顔で話し始めた。「ただ……こんな出来事があるだろうか、自分の理性が弄ばれているんじゃないかと不安で……屋敷の門に入ろうと、カーブを曲がったところで、見かけたような気がするんです……墓地に入っていく人影を」

「人影だって？　どんなかっこうをしていたんだ？」

「そんなに話を急かさないでくださいよ、警部。はっきりとした確信はないんです。幻を見ただけかもしれないし」サイモンは疲れきっていたが、それでも一生懸命考えていた。「ほんの一瞬だったんです……とても瘠せて、白髪混じりの髪をし、ぼろぼろの服を着た人が……墓地に入るのを見たような。夜の九時ですからね、ぼくもびっくりして、自分の勘違いじゃないかと……」

「その姿かっこうからすると、老人らしいな……」とハーストは言った。「あるいは、屍衣に包まれた死人かだ！」

7　奇術師

再び沈黙があたりを包んだ。

サイモンは両手で頭を抱え、「そうなんです」と小声でつぶやいた。けれども、すぐに落ち着いたらしく、手の平を拳でぽんと叩いた。

「あれはただの幻だったんだ！　誰にもあることじゃないですか？　何しろぼくは、普通の精神状態じゃありませんでしたから。きちんと理由も説明せずに、ヴァレリーとの約束を取り消さねばならなかったんです。いきなり電話を切られてしまいましたよ。彼女にどう思われたか、わかったもんじゃありません。本当を言うと、彼女のお父さんから秘密の招待状を受け取ったとき、とっても不安でした。虫の知らせとでも言いますか、ぼくはこの種の直感が鋭いほうなんです。ともかく、直感ははずれませんでした。ヴァレリー……ああ、どうしたらいいんだ！　彼女がこのことを知ったら……」

珍しく取り乱しているサイモンを前にして、ハーストは冷静さを取り戻した。そして部下に哀れみの目をむけると、葉巻に火をつけこう言った。

「落ち着こうじゃないか、なあ、カニンガム。長年の経験から、ひとつ身につけたことがあるんだ。どんな状況でも、負けないための武器さ。平常心という名のな。こんな悪夢からも、いつか抜け出す日がくる。そう信じようじゃないか。人生では、いつでも……」

警部の話は、玄関の鍵を開ける音でさえぎられた。ばたんとドアが開き、また閉まる。足早に歩く音が聞こえ……書斎の戸口に男の姿があらわれた。

「いったい何事ですか？」と男は言った。「ハロルド！」

ロジャー・シャープは五十がらみ。がっちりとした体格と愛想のいい浅黒い顔をしていた。頬は削げ落ち、尊大そうな目は自信に満ちている。くりくりと巻いたスカンジナビア風の金髪がなければ、地中海地方の出身かと言ってもいいようなタイプだ。仕立てのいいオフホワイトの舞台衣装を着こなした姿には、気品が漂っていた。頑固な独身主義者だというロジャー・シャープが、ご婦人方に好かれないわけないだろう。

「またいつもの悪ふざけだな！」と言って、ロジャーはびんびんと響く高笑いを発した。「ああ！　わかったぞ。次回作のリハーサルってわけか！　もう起きていいぞ、ハロルド。その手には乗らないからな！」

けれども、みんなの真剣な面持ちを前にして彼も笑みを失い、あわててハロルドのところへ駆け寄った。

「何てことだ！」ロジャーは手にしていた黒い鞄を置いた。

サイモンがロジャーを皆に紹介し、事情を説明した。ときおり、まさかというような顔で首をふりながら、ロジャーは注意深く耳を傾けていた。

「それにしても、信じがたい話だな！　ハロルドの新しい小説と、殺人の状況がそっくりだなんて！」

「まったくです」とハーストが応じる。「ですから、あなたのご経験が何かの参考にならないかと、あてにしているんです。たしか、奇術師をしていらっしゃるとか？」

「ええ、そうですが」とロジャー・シャープはもの思わしげに言った。

「準備中の作品のことで、ヴィカーズさんから相談を持ちかけられませんでしたか？」とサイモンがたずねる。分厚い眼鏡の奥で、目が期待に輝いていた。

「いや、サイモン。今回はなかったな。もちろん、謎については話してくれたがね。なかなか興味深い、魅力的な謎だと思ったよ。けれども、仕掛けまでは説明してくれなかった。奇術のプロたるわたしが兜を脱ぐのを見て、ハロルドのやつ自慢そうに、大喜びしていたよ。でも本当に、いくらたのんでも教えてくれないんだ」シャープは、料理の並んだテーブルと死体に目をやった。「信じられないことばかりだ……狂ってる。ここでいったい何があったんだろう？　死体を見つけた状況について、もう一度詳しく話してくれませんか」

先ほどサイモンがした説明を、フレッド・スプリンガーがもっと詳細にしなおした。

ロジャーはしばらくじっと黙っていたが、やがてネクタイを整え、タバコに火をつけた。

「夕食の材料を運んで準備するのは、大して難しいことではないでしょう。問題は、犯人がどうやって逃げたかです。よろしいですか？」

ロジャーは窓の前へ行き、丹念に調べ始めた。

「糸を使えば」と彼は首をふりながら言った。「扉の隙間か鍵穴に通して、外から窓のフックをかけることも可能です。簡単ではありませんが、やってやれないわけじゃない。でも、鎧戸もありますからね。そうなると、お手上げです。どうにも不可能でしょう。もっとすごい仕掛けを、見たことがありますけどね」

それから書斎を横切って、今度はドア枠を調べる。

「差し錠は簡単にかからないですね。もう試してみましたか？」

ハーストがうなずく。

ロジャーは一瞬ためらってから、こう断言した。

「特殊な仕掛けを使わなければ、ドアに外から差し錠はかけられませんね。それにその場合、室内に仕掛けの跡が見つかるはずです。部屋に入ったとき、たしかに何も見つからなかったんですね？」

その点については、サイモンとスプリンガーともにきっぱりと断言した。

「ところで、半分水の入ったカップについては、どう思われますか？　シャープさん」とハーストがたずねた。「これは犯人が謎の消滅を遂げたことと、関係あるんでしょうか？」

ロジャーは肩をすくめた。

「もちろん、一見したところ無関係でしょうね。しかしハロルドも、小説のなかで同じようにしているということは……はて、どう考えるべきか？　要するにこれは、殺人事件じゃないんですよ。ハロルドは自殺したんです。頭にあった小説のアイディアをもとにして、こんな悪ふざけの演出をしたんでしょう。何のためにかですって？　見当もつきませんがね」

「たしかに、ありえない話じゃありません」とハーストは、作り笑いをしながら言った。「もっともわたしとしては、殺人事件だと確信していますがね。ともかく、大した違いではありません。目的達成のため、犯人が故意に殺したのか、自殺をうまく利用したのか、ニュアンスの違いはありますが、問題は同じです。ですからとりあえず、殺人と呼んでおくことにしましょう」ハーストはそこでひと息ついた。「それでは、どうしてこんな演出をしたのでしょう？　真っ先に考えつくのは、ヴィカーズさんが準備中だった小説のことです。けれども、ほかに思いあたることはありませんか？」

ロジャー・シャープは茫然としていた。


「……そう言われても……特に何も……ああ、そうそう……ありました。ええ、おとうさんのシオドアと口論になり、シオドアは発作を起こしてテーブルに倒れ込んだんです。あの晩も、ロウソクを灯していましたっけ」

「ハロルドさんは、その出来事からインスピレーションを受けたのかどうか、ご存知ですか？」

「何も聞いていませんが……」そう言ってロジャーは、疑わしげに顔をしかめた。「おそらく違うでしょうね。さもなければ、もっと早くこのアイディアを使ってますよ……それによく考えてみると、あまり関係なさそうですし。食事の席で発作を起こしたというだけならば、さほど特別な出来事じゃありませんから……」

ハースト警部は話題を変えた。

「あなたはここに住んでらっしゃるんですよね？」

「ええ、まあ」とロジャー・シャープは答えて、さりげなく髪に手をやった。「今はソーホーのミュージック・ホールに出演してますが、いつもはほとんど公演旅行にでかけているんです。海外に行くことも多くて」

「いえ、わたしがうかがいたかったのは、そういうことじゃないんです。ここに住んでいらっしゃるなら、屋敷のなかで最近どんなことがあったかご存知ですよね？　ハロルドさんの死亡時刻は、昨日の夕方ごろらしいんです」

「ハロルドの奇行は珍しくありませんでね。妙な要求を、よくわたしたちにしたもんです。こちらもすっかり慣れっこになり、黙って言われたとおりにしていました。きみも知ってるだろ、サイモン……」警官はうなずいた。「昨日、昼食のとき、ハロルドはみんなにこう告げたんです。午後四時から七時までのあいだ、屋敷のなかや周辺にいてはいけないって。ケスリーたちもですよ。さすがにこれは、いささか度を越してます。いつもは従順な妹も、はっきり意見してましたね。結局は、折れるほかありませんでしたけど。絵を仕上げるつもりだったヘンリエッタも、すっかり頭にきて。でもやっぱり、父親には逆らえません。そうそう！　ハロルドも少しは気が咎めたのか、こんなふうに説明してました。屋敷を使って、試してみたいことがある。そのためには、どうしてもひとりになる必要があるんだって。その晩と、おそらく翌日の日中は、書斎にこもりっきりだからとつけ加えてましたね。そうなったら、どんな理由があろうとも、決して邪魔をしてはいけないんです。ですから昨日の午後四時以降、屋敷には誰もいませんでした。もちろん、ハロルドのほかは……」

「……それに犯人のほかは」とハーストがつけ加える。

「そこで問題になるのは、昨日の午後四時から七時までのあいだ、皆さんがどこで何をしておられたかです」

ロジャーは悠々とタバコを取り出し火をつけると、こう答えた。

「わたしのアリバイはありふれたものですよ。リージェント・パークを散歩していたんです。妹はオックスフォード・ストリートに買い物に行きました。少なくとも、出かける前にはそう言ってましたよ。姪っこたちのことはわかりません。本人に聞いてみないと。執事についても同じです」

ハーストは手帖を取り出し、メモをとった。

「今晩はどうしてました？」

「今晩ですか……」とロジャーは謎めいた笑みを浮かべて繰り返した。「どうというほどのことはありません。七時半に夕食を終え、部屋に戻って仕度をしました。ミュージック・ホールへ出かけたのが、たしか八時十五分前くらいでしょうか。二つ出し物をこなしましたよ。ちなみに、観客は三十人ほど。演目のひとつは、九時十五分前から九時まででしたね」

「つまりあなたは、犯人あるいは悪戯の仕掛け人ではありえないと？」

「まあ、そういうことになりますかね、警部。もちろん、分身の術でも使えば別ですが」とロジャーは冗談めかして言った。

「奇術師なら、お手のものでしょうからね」とハーストも調子を合わせる。「けっこう。それじゃあ今度は、視点を変えてみなければいけませんな。真っ先に、そこから始めるべきだったのかもしれませんがね。故人の遺言がどうなっているか、ご存知ですか？」

「多少のところは」と奇術師は、タバコをじっと見つめながら答えた。「変更されていなければですが。わずかな遺贈分を除いて、財産は三等分され、ヴァレリー、ヘンリエッタ、そして妹のデインが受け取ります。さらにデインには、屋敷を使う用益権も与えられます」

「それじゃあ……弟さんは？」サイモンがおずおずとたずねる。

「弟だって」とハーストが叫んだ。「弟がいるのか？」

ロジャーはゆっくりと煙を吐き出した。困惑したような表情が顔をかすめた。

「ええ、スティーヴンといって、もうずっとオーストラリアで暮らしています」

「兄弟仲がよかったのですか？」こちらの線も臭うぞとばかりに、ハーストはたずねた。

「最近は……まあまあでしたね。ハロルドは去年、会いに行ってますし。二十年も顔を合わせていなかったんです……スティーヴンがイギリスを離れてからずっと」探りを入れるような視線にさらされて、ロジャーは少し気まずそうに微笑んだ。「そもそもの初めから話したほうがよさそうですね。妹のデインがハロルドと知り合ったのは、女優としてデビューしたてのころでした……いえ、ハロルドだけでなく、スティーヴンもいっしょに。二人の兄弟は、せっせと妹に言い寄りました。妹がハロルドを選んだのがショックだったのでしょう、スティーヴンは間もなく家を出て、オーストラリア行きの船に乗りました。そこで畜産業を営んでいる友人がいたんです。長年、便りが途絶えていたのですが、最近になってぽつぽつと手紙のやり取りが始まりました。休暇をすごしに来ないかと、お互いに誘い合っていたようです。ようやく去年の夏になって、いささか唐突にハロルドが出発を決めました。妻も娘も連れずにです。どうしてかですって？　みんなも疑問に思いましたが、結局理由はわからずじまいでした。ハロルドが帰ってきてわかったのは、弟は元気だった、あいかわらず独身だけれど、金には困っていないということくらいです」

沈黙のあと、ハーストがたずねた。

「いくつなんですか、その弟さんっていうのは？」

「同い年です。二卵性の双生児で」

「ちょっと待ってください」と言って、サイモンが本棚に歩みよった。「ヴィカーズさんはオーストラリアから写真を持ってきたはずです。ああ、ありました！　見てください。二人が写っていますから……」

ハーストが小さな額を受け取り、ツイスト博士も近づいた。写真に写った二人の兄弟は、肩を組んで笑っている。

「なるほど！」と警部は叫んだ。「顔つきは多少違っているが、黒い巻き毛、肩幅、背丈、物腰は……まるで瓜二つじゃないか」

突然、ハーストは顔を曇らせ、死体をちらりと見やると、じっと考え込んだ。そして手帖に何かメモすると、こうたずねた。

「いささか不躾なことをうかがいますがね、シャープさん。噂によると、あなたの義弟《おとうと》さんは……何と言うか……」

「ああ、そのことですか」とロジャーはそっけなくさえぎった。「誇張されているとは思いますが、まったくのでたらめではありません。たしかに、ちょっとばかり羽目を外すこともありましたよ。でも、深刻な話じゃありません。ハロルドが女たらしだなんて、とんでもない。一度、いっしょに出かけてみて、よくわかりました。彼はいろんな人間と知り合いたかったんです。本音を言いますとね、女性の反応をテストして、小説に使おうとしてたんじゃないかって思うほどなんです。考えすぎかもしれませんが……」

「それで奥さんは、ご存知だったんですか？」

「おそらくね。でも妹は、黙って耐えていました。恨みがましく、じっと睨みつけるだけでね。はっきり言ってハロルドは、いっしょに暮らしやすい相手ではありません。何日間も黙ったままなんてことも、よくありましたから。それでもよくしたもので、彼には魅力的で愛想のいいところもありました。ただ、その差が激しいんです。例えば、ある晩わたしたちは、ナポリ風の音楽で目を覚ましました。見ればマンドリン奏者を両脇に従え、われらがハロルドが赤バラの花束を手に、妻の窓辺でセレナーデを歌ってます。まったく、あの男はいつでもわたしには謎でしたね……これからもそれは変わらないでしょうよ。やることなすことが突飛で、奇抜で……ほかにも例を挙げましょうか……隣にコリン・ハバードという、引退した医者が住んでまして。とても礼儀正しい、ひかえめな人物で、ハロルドとの仲も悪くありません。けれども、あまり会うことはありませんでした。月に一回あるかないかです。ところが、この数週間、急にハロルドは毎日のようにお隣を訪ね始めたんです……どうしてかって？　それも謎なんです」

「のちほど、ハバードさん本人にうかがってみましょう」とハーストは口もとに笑みを浮かべて言った。「その点は明らかになるでしょう。ところで、ヴィカーズさんが小説執筆のためにとっていたノートを見たいのですがね。きっとアイディアをメモしていたと思うのですが。ご協力いただけますか?」

「ええ……たしか赤いノートを持っていたようですが……はっきりとはわかりません……ハロルドの持ち物を調べてみれば……たぶん、この棚にでもあるのでは……小学生が使うようなノートです。見ればすぐわかりますよ。表紙に次回作のタイトルが書かれてました。『死が招く』と」

「見つけますよ、シャープさん。見つけます。ああ、そうだ! 最後にもうひとつ。弟さんの住所は、どこにあるでしょうかね? 連絡しなくてはなりませんから」

ロジャーは棚に近より、しばらく紙の山を漁っていた。そして一冊の手帖を抜き出し、ぱらぱらとめくった。

「ありました。これです」

「どうも」と言ってハーストはメモをとった。「今夜のところは、これくらいにしましょう。明日、またお話をうかがいます」

そのとき、玄関のドアがばたんと鳴って、ホールを走り抜ける足音がしたかと思うと、ヴァレリーが書斎にあらわれた。真っ青になったヴァレリーのもとに、あわててサイモンが駆け寄った。

8 混迷

翌日の日曜日、ロンドン警視庁のハースト警部のオフィスに、ツイスト博士とサイモン・カニンガムが集まった。ハースト警部は窓の前で、にぎわい始めたヴィクトリア通りをぼんやりと眺めている。青白い太陽が屋根のうえに顔を出し、並木の葉がそよ風に揺れていた。警部はとつぜん夢想から覚めると、デスクのうしろに陣取って二人にむかい合った。ツイスト博士は背筋をぴんと伸ばして椅子に腰かけ、悠然と待ち構えていた。愛用のパイプからは、ゆらゆらと紫煙が立ち昇っている。その煙を、サイモンは何げなく目で追いながら、昨晩の出来事やヴァレリーの悲嘆を思い起こしていた。彼女は肩をつぼめて泣きじゃくりながら、サイモンの話を聞いた。惨劇に関する警察の捜査内容をサイモンがひととおり説明し終えると、ヴァレリーは取り乱して醜態を演じたことを謝った。そして馬鹿みたいだけれど、芝居には行かなかったのだと告白した。サイモンからの電話で約束の取り消しを告げられたヴァレリーは、怒りと嫉妬のあまり最悪の事態まで想像しながらしばらく町をさまよったあと、ナイトクラブで仲間と合流したのだった。父親が殺されたばかりだったというのに、何て愚かな振る舞いをしたんだろう？　婚約を解消されても文句は言えないとまで覚悟したけれど、今まで以上に愛していると彼もわかってくれるはずだ。サイモンのほうでも、別れるなんてとんでもなかった。そんな紳士《ジェントルマン》にあるまじき考えは一瞬たりとも浮かんだことはないと、大急ぎでヴァレリーを安心させた。きみに対して抱いている気高い感情は増すばかりなんだ。なのにどうしてこのぼくが、そんな無作法な振る舞いをするなんて思ったんだい？　恐ろしい試練に耐えるため、傍についていてあげるよ。そうサイモンは断言したのだった。

「さて」とハーストはきっぱりとした口調で言った。「まず最初に、現在までの捜査結果をお知らせしておきましょうか。そこからこの奇怪な惨劇について、とりあえずいくつかの結論が引き出せるでしょうよ」

寝不足にもかかわらず、ハーストの顔は元気潑剌としていた。髪はピンク色の頭に、ポマードでぴったりと撫でつけられている。彼はファイルからタイプで打った書類を数枚取り出すと、葉巻に火をつけ、話し始めた。

「第一点。スプリンガーさんとカニンガム君に送られた招待状から、指紋は検出されなかった。消印によれば、セント・リチャーズ・ウッド近くの郵便局で、金曜日の午後六時三十分に集められたものだ。もちろんこれだけでは、何もわからない。ハロルド・ヴィカーズ本人がタイプをしたのかどうかは、あいかわらず不明だ」

「あんなに火傷を負った手から、被害者の指紋が採れたんですか？」とサイモンが不審げにたずねる。

「もちろん、採れるわけないさ！　とぼけたこと言うなよ、カニンガム！　ヴィカーズの私物を調べれば、指紋なんて簡単にわかるじゃないか。手帖、鉛筆、本なんかをね。

さて、続けようか。お盆、お皿、ナイフとフォーク、燭台、要するにテーブルのうえにあった品々には、ほとんど指紋がついていなかった。けれどいくつかの品物――お盆一枚、皿三枚、ナイフとフォーク数本には、被害者の指紋がついていたんだ。屋敷の住人たちの指紋と比べる暇はまだなかったが、おそらく大した収穫はあるまい。ともかく、犯人が手袋をして作業にあたったのは、ほぼ間違いないだろう。死体の足もとにあった手袋かって？　それはありえない。サイズがとても小さかったからな。だから何らかの理由で、そこに置いたものだろう。窓の下にあったカップには、まったく指紋はついていなかった。きっと拭き取ってあったのだろう。

もう一点。ナイフやフォーク、皿、グラスなど、アルコール焜炉以外すべての品物は、もともと屋敷にあったものだ」

「するとそこからも、大したことはわからんな」とツイスト博士は、ぼんやりとした表情で口ひげをさすりながら言った。「犯人は食器をその場で調達したという以外には……あるいは、料理の仕度をしたのはヴィカーズかもしれん。きみもさっき言っていたように、いくつかの品物には、ヴィカーズの指紋がついていたのだからな。でも、いくつかの品だったのはなぜだろう……おかしいじゃないか……料理の仕度をしたのは、ヴィカーズと犯人のどちらかなんだ」博士は眉をひそめ、それから表情を和らげた。「それでもまあ、何がしかの結論を引き出せないことはない。料理の仕度をしたのがヴィカーズでないとしたら、どうして皿やナイフとフォークに指紋がついていたのか？　屋敷の主人が食器洗いや整理のような家事を手伝うなんて、考えられるだろうか？　いいや、ありえないことだ。それじゃあ、どうして指紋が？」

「どうしてかというと」ハーストはとっておきの秘密でも明かすかのような顔をした。「それも犯人の企みかもしれないんですよ！　わかりませんか？　犯人の意図はそこにあるんです。われわれの目を晦ませようとしているんです！　ほら、半分水の入った小さなカップも……」

ハーストは途中で言葉を濁すと、サイモンに目をむけた。

「何か言いたいことがあったかね、カニンガム？」

「普通の人間がすることなら、招待状の一件におかしなところはないはずです」サイモンはきれいに切りそろえた爪を点検した。身だしなみは、上から下まで整っている。「でも実際には、周囲の人たちには秘密にして二人を招待しています。しかも口外は無用と念を押して。どうしてそんなことをしたんでしょう？　おかしいですよね。となると、招待状を出して夕食会の演出をしたのは犯人だと考えられそうです」

「なるほど」とハーストは認めた。

「ただ今回の場合、相手はハロルド・ヴィカーズですから。彼だって、何をするかわかりません。

ヴィカーズの死亡時刻は、金曜の午後四時から七時まで、彼がひとりで屋敷にいたあいだです。そしてお盆や皿、ナイフとフォークのいくつかに彼の指紋がついていました。ということは、こんなふうに説明できないでしょうか？　二十四時間も前に食卓の準備をするのは妙かもしれませんが、ともかくヴィカーズが食器を半分ほど並べ終えたところで、犯人に襲われた。犯人はヴィカーズを殺害したあと、食卓の準備を引き継いだ。

　これでいちおう筋は通ります。ぼく自身、あんまり確信はありませんけど。むしろここには、狡猾な犯人がじっくりと考えた計画があるような気がします。だから警部の説が正しいように思いますね。犯人は警察の目を晦ませ……誤った方向に導こうとしているんです」

　ハーストは赤ら顔をくしゃくしゃにさせて笑った。

「そのとおりさ、カニンガム。そのとおり。きみにもわかったようだな。けれども、まだわかっていないこともあるぞ。あと数時間したらのお楽しみだ」ハーストは謎めかし大物ぶった表情でつけ加えた。

　サイモンはびっくりして口を開きかけ、ツイスト博士はいたずらっぽく目を輝かせながら黙っている。

「では、先を続けるとしますか」とハーストは、ますます偉そうな顔で言った。「死体が見つかる直前の、皆の行動について、使用人たちはこう証言している。ヴィカーズ夫人、二人の娘、ロジャー・シャープは七時三十分ごろ夕食を終えた。食器のあと片づけが八時に終わると、調理場には誰もいなくなり、執事のケスリーとその妻グラディスは三階の自室に引きあげた。ロジャー・シャープはすでにソーホーへ出かけ、ヘンリエッタは二階の自室にこもった。ヴァレリーも少し前に出かけたところで、ヴィカーズ夫人だけが一階の居間で本を読んでいた。居間は玄関ホールの突き当たり右側、調理場のすぐ近くだ。八時十五分ごろ、グラディス・ケスリーがアスピリンを探しに、誰もいない調理場に降りてきた。部屋に戻る前に、彼女は居間をノックし、ヴィカーズ夫人から雑誌を借りた。そのとき夫人は肘掛け椅子にすわって、読書中だった。九時十五分前ごろ、フィリップ・ケスリーが降りてきて、ご用はありませんかとヴィカーズ夫人にたずねた。それが毎晩の習慣で、たいてい夫人はお茶をもらうのだが、昨晩は何も頼まなかった。そこでケスリーは、あいかわらず無人の調理場へ行き、シロップ水を飲んで部屋に戻った。九時五分前にはカニンガム、きみが玄関の呼び鈴を鳴らした。ヴィカーズ夫人が迎えに出て、その後のことはわれわれも知ってのとおりだ。

ここで明らかになったのは、書斎にあった料理は調理場で準備されたのではないということだ。匂いも漏れずにこっそりと仕度する時間はないからな。さもなければ、ケスリーたちが気づいているはずだ。

では、外から運んだのだろうか？　だとすると、第一に玄関の鍵が必要になるが、それはささいな問題だろう。屋敷内に共犯者がいればすむことだから。もっと肝心なのは、煮立った油や料理を載せたお盆を両手に持って、何度も往復しなければならないという点だ……ちょっと情景を想像してみればわかるとおり、そんな仮説は受け入れがたい。

残る可能性はひとつ。犯人は犯行現場で料理をしたのだ。もちろん、煮焼きの器具は運び込まねばならない。当日、あたりにひと気がなくなったころにな。つまり犯人は、ざっとみて八時から遅くとも八時十五分ごろには料理を始め、演出のお膳立てをしたということだ。それから、現場から立ち去った……」

「いつ？」とツイスト博士がたずねる。

「つまり、九時十五分前か、九時……」

「でもヴィカーズ夫人は、九時五分前に物音を聞いているんですよ！」とサイモンが大声で言った。「それにチキンは？　たしかにあれは焼きたてで、まだ湯気が立っていました！　ぼくだけじゃありません。みんな見ています！」

「だったら……九時か、九時五分前かだな」

「なるほど」とツイスト博士は警部の目をじっと見つめながら言った。「書斎のドアを打ち破ったのは九時十五分。その間に、犯人はまんまと逃げ出したというわけかね。スプリンガー、カニンガム、ヴィカーズ夫人がドアの前にいるというのに、大荷物を抱えて。これだけでも納得いかないが、まだほかにもある。内側から差し錠のかかった部屋から、どうやって犯人は外に出たのだろう？　もちろん時間の余裕だって、ほんのわずかだったのに……何もかも、初めから成り立たない」

「いやはや、秘密の抜け穴もなかったし」とハーストはため息をついた。「その点は間違いありません。犯人が使った策略はまだ不明ですが、まあいいでしょう。ただ、ひとつ頭に入れておくべきは、これが前もって入念に準備された計画の結果だということです。犯罪のプロのみが実行に移せる計画の」

「プロだって？」とツイスト博士がたずねた。「それはどういう意味だね？」

警部は謎めいた笑みを浮かべた。

「いずれわかりますよ。ちょっとばかし考えがあるんです。このわたしが、昨晩からただぼんやりすごしていたとでも思っているんですか？　いくつか電話で問い合わせ、返事を待っているところです。ですから、今しばらくお待ちを。ところで、拳銃は被害者のもので、至近距離から撃たれています。つまり銃を撃ったのは、屋敷の誰かと見てほぼ間違いないですね。容疑者については、全員の事情聴取を行ってから絞り込んでいくのがいいでしょう。意外な事実が出てくるかもしれませんからね。容疑者を云々する前に、遺言の内容も知らねばなりません。それについては、今日の午後はっきりするでしょう。残念ながら、作家がメモをとったノートは見つかっていません。犯人が破棄したのでなければいいのですが」

「現場に監視はつけてありますよね？」とサイモンが心配げにたずねる。

「もちろんだ」とハーストは、むっとしたように答えた。「きみに言われるまでもないさ。捜査の常識じゃないか。でも、どうしてそんなこと聞くんだ？」

「つまり……つまり密室の謎を解く鍵は、あの現場にあると思うんです。何か巧妙な仕掛けが……犯人が逃げたのは、窓かドアのどちらかからでしょう。それ以外、ありえません。ですから、差し錠と窓をもう一度調べる必要があるかと……どこかにきっと痕跡が見つかるはずです」

ハーストは、灰皿のうえでとんとんと葉巻をふりながらうなずいた。

「ハロルドの弟さんはどうしました？　もう知らせたんですか？」とサイモンは勢い込んで続けた。

「やってはみたんだが」と警部は目を細めて言った。「今はその……まだ連絡が取れないんだ」

ツイスト博士はかすかに微笑むと、話題を変えた。

「もうひとつ、まだ検討していない点が残っている。犯罪現場の演出だが、あれにはどんな意味があるのだろう？　祖父シオドアの心臓発作と関連しているのか？　あるいは、別の理由もあるのか？」

「よろしければ、その件はあとまわしにしませんか」とハーストはなだめ口調で言った。「もちろん、ハロルドの小説と関係がありますが、あなたが思っているような関係ではありません。祖父の件は、単なる偶然の一致です。どこその部長刑事が見たとかいう幻もね……」

「ぼくだって、初めからそう申しあげているじゃないですか」とサイモンは口を尖らせた。

「まあ、そう怒りなさんな、カニンガム」とハーストは、人のよさそうな笑みを浮かべて言った。「びくびくしてるから、幽霊なんか見えちまうんだ。決まってるだろ。さて、セント・リチャーズ・ウッドのあたりをひとまわりしてみるか。いっしょに来るかね、カニンガム？」

「ヴァレリーの家族に事情聴取をするんですよね？　だったら、ぼくは遠慮しますとも！　今夜、屋敷を訪ねるつもりですが、警官としてではありません。事件に興味がないわけじゃありませんよ。大いに関心はありますが、やはり……」

「いいだろう。それじゃあ、セント・ジェイムズズ・パークで待ち合わせよう。飲み物の売店脇のベンチで、午後二時に。たまには、そんな場所もいいだろう？」

「わかりました」と若い警官は答えた。苦悩の表情が顔にあらわれている。

そのとき、こつこつこつとドアを三回叩く音がして、皺くちゃの顔をした小男が入ってきた。

「ブリグズ警部！」とハーストが叫ぶ。「もう少し待ってもらったうえで……」

「実は同じような事件が、前にもあったような気がしてね」と相手は、得意満面で言った。

「何だって？」ハーストは立ちあがった。

「そうさ！　思ったとおりだったよ。これが最初じゃなかった。犯人は、二十年も前にデヴォン州で殺しているんだ！」

9　チャールズ・フィールダー事件

「これは一九〇七年の《タイムズ》紙の切抜きなんだが、ちょっと目を通してみてくれ。読めばわかるから」とブリグズは言った。

死の晩餐会

昨夜、警察がエクセターのロイヤル・レストランに駆けつけたとき、その驚きたるやいかばかりであったろう。奥の個室に男がひとり、料理の並んだテーブルの端にすわっている。彼は至近距離から頭を撃ちぬかれ、皿のなかに顔を伏せていた。まだ熱を帯びた銃が、テーブルのうえにあった。死体の足もとには手袋が落ちていたが、それは明らかに被害者のものではなかった。被害者の手袋は、オーバーのポケットに入っていたからだ。もうひとつ、きわめて異様だったのは、半分ほど水の入った小さなカップが、テーブルナプキンのうえに載せられ、窓の下に置かれていた点である！

死んでいたのはチャールズ・フィールダー。彼はこの個室で、二人分の夕食を予約してあった。昨晩、七時三十分にフィールダー氏が到着したとき、ロイヤル・レストランには多くの客がいた。彼の注文に従って、料理は七時四十五分に運ばれた。そのとき部屋にいたのは、フィールダー氏ひとりだった。八時少し前に、見知らぬ男が店内を抜け、奥の個室に入るのを従業員が目撃している。けれども、ほかに大勢いた客への応対に忙しく、この男にはほとんど注意を払わなかった。男は中肉中背、レインコートの襟を立て、帽子を目深に被っていた。その十分後に、銃声が響いた。何秒かのあいだ、皆驚きのあまり茫然としていたが、そのあとすぐ奥の個室に入ろうとした。けれども、ドアに鍵がかかっている！　ノックをし、声をかけても返事がないので、従業員たちはドアを破った。レインコートの男は開いている窓から逃げたらしく、すでに部屋にはいなかった。犯人は彼に間違いないだろう。

しんと静まり返ったオフィスに聞こえるのは、外の通りを走る車の音ばかりだった。サイモンとツイスト博士はハーストの様子を目で追っていたが、警部はただ茫然と新聞の切抜きを見つめている。乱れた前髪が額に垂れ下がっていた。

「どうかね、諸君」とブリグズはにやにや笑いながら言った。「びっくりしただろ！　では、数日後の記事も読んでみよう。〝死の晩餐会事件は、まだあいかわらず……〟いやここは飛ばしてと……〝テーブルのうえにあった拳銃から、指紋はまったく検出されなかった。つまり発作的な自殺という可能性はなくなったのである。高名な外科医であったチャールズ・フィールダーは、エクセター近郊にあるクレディトンの屋敷で友人たちに囲まれ、穏やかな引退生活を送っていた。けれども家庭生活ではむしろ不遇だった。早くに妻を亡くし、一人娘も産褥で亡くなっている。生まれた子どもも、すぐに死亡してしまった。娘婿のジェイムズ・メリローだけが、残っているたったひとりの身寄りだった。彼が唯一の相続人であったため、いちばんの容疑者かと思われた。けれどもはっきりとしたアリバイがあったうえ、ロイヤル・レストランの従業員も彼がレインコートの男だとは確認できなかった。目下のところ警察は、事件の突飛な様相に攪乱され——窓の下に置かれた水のカップを思い出してほしい——確証をつかみかねている〟など……などと。

このあとの記事は、わざわざ読みあげないがね。ともかく、疑惑はふたたびジェイムズ・メリローにむけられたんだ。何しろチャールズ・フィールダーは、殺される数日前に書いた遺言書のなかで、全財産を娘婿に遺しているんだ！　偶然にしては、できすぎだよな！　疑いは濃かったものの、警察は犯行を立証することはできなかった。でも、メリローの名誉のために言っておくと、彼は金に困っていなかったし、義父は老人で、いつ死んでもおかしくなかった……なのにどうして、わざわざ殺す必要がある？

捜査はロンドン警視庁が担当することになった。被害者が執刀した患者で、手術が不首尾に終わったものがいる。恨みを抱いた近親者のうち、何人かが容疑者としてあがったけれど……成果なしだった。事件は迷宮入りとなってしまったよ。さあ、どう思うね、ハースト？」

さっきまで奇妙なほど落ち着いていた警部の顔が、破裂せんばかりに真っ赤になっている。

「いやはや、何とも！」と警部は唸り声をあげ、拳で机を思いきり叩いた。「もうこれ以上は、手に負えん！　ひとつ目は昨晩の事件。ふたつ目はハロルド・ヴィカーズの小説。三つ目は祖父の発作。四つ目は二十年前の出来事だ。たった二十四時間そこそこで、同じような四つの事件を背負い込むことになるなんて！　繰り返すが、もうこれ以上は、手に負えんぞ！」

「フィールダーの事件で実に奇妙なのは」とツイスト博士が指摘した。「被害者の足もとにあった手袋と、窓の下に置いてあったカップだろう。ちょうど昨晩の事件と同じようにな。これを偶然の一致と言えるだろうか？　だとしたら、ものすごい偶然じゃないか」

「わたしもそう思ってたんです」とブリグズが、面白そうに目を輝かせながら言った。「きっとこれは同じ犯人なんだ。博士もおっしゃるように、偶然だとはちょっと考えられないからな」

ハーストは、もの思わしげな目をサイモンにむけた。サイモンはテーブルに置かれた新聞の切抜きを、啞然として見つめている。突然ハーストは表情を変え、口を歪めて奇妙な笑みを浮かべた。

「そのとおり、偶然の一致なんてありえないだろう。となると、もしかしてフィールダー殺しの犯人が、昨晩の事件も……ブリグズ、きみはフィールダーの事件を調べてくれないか。フィールダーの縁故、患者、交友関係、大学時代の友人、何もかもふるいにかけて、そのなかにヴィカーズの名がないか、探してみてくれ。必ず、どこかに見つかるはずだ」

「おいおい、気は確かか！　一九〇七年に死んだとき、フィールダーは七十歳だったんだぞ！　自分で何を言っているのか、わかっているんだろうな？　われらが英国皇《プリンス・オブ》太子《・ウエールズ》が前世紀末に、パリやらどこやらでものにした女のリストを作れっていうようなもんじゃないか！　ともかく、やるだけはやってみるが……」

「がんばってくれよ、ブリグズ。友だちだと思って、一肌脱いでくれ。おれの部下を三人貸すから、任務を指示すればいい。この種の捜査なら、きみの右に出るものなしだ。どこかにヴィカーズの名を見つけ出してくれ。頼りにしているから。さて、ツイストさん、わたしらはセント・リチャーズ・ウッドに行くとしましょう。話を聞かねばならない相手がいます」

九月の朝霧はようやく薄らぎ、開いた窓から射し込む明るい陽光が、デイン・ヴィカーズの髪に金の糸を織りあげていた。デインは上半身をベッドの背にもたせかけている。黒い絹の着物を羽織っているせいか、青白い顔色が目立っていた。涙に濡れた赤い目を閉じ、ナイトテーブルに載せた小さな置時計が十時を打ち終わるのを待って、彼女は話し始めた。

「……いいえ、主人がどうして去年オーストラリア旅行に行ったのか、誰にもわかりませんでした。主人とスティーヴンは、ずっと会っていなかったんです……ああ、何もかも昔のことだわ……」

「その頃、あなたは女優でいらしたんですよね」とハーストが言った。

「女優だなんて、大袈裟ですわ。まだ、舞台に立ち始めたばかりでした……それも、小さな舞台で。本心を言えば、父親が目を光らせている家を出て、自分の翼で羽ばたきたかっただけなんです。とりわけ父は、ロジャーに自分と同じ錠前屋の職を継いで欲しがっていました。けれど兄も、ほどなく家を離れました」

「するとその頃」とハーストは口を挟んだ。「ヴィカーズ兄弟と知り合われたんですね？」

「ええ」とデイン・ヴィカーズは答えた。昔を懐かしむように目がうるんでいる。「ハロルドとスティーヴン……外見はそっくりだったけど、性格はまるで正反対でした。スティーヴンはとてももの静かで、優しくて、気が置けない人でした。いっしょにいるだけで安心できるんです……反対に、ハロルドは気まぐれで、今大喜びしていたかと思うと、たちまちふさぎ込むんです。それも、何の前ぶれもなしに。そして、とうとう……」

デインは言葉を切ると、涙をこらえた。

「わかりました、奥さん」とハーストは咳払いをして言った。「昨晩、お嬢さんにお会いしたんですけど。絵を描いていらっしゃるほうのお嬢さんです。振る舞いが、つまり……ちょっと変わっていらっしゃいますね」

「たしかにヘンリエッタは、父親とあまり仲がよくありませんでした。でも、何と言うか、かわいそうな子でして……頭が普通じゃないんです。わたしの母もそうでしたが、遺伝というわけではありません。ヘンリエッタは事故にあったんです」

「事故ですって？」

「はい、とても悲惨な事故に。ヘンリエッタとヴァレリーが、まだ十二歳くらいのころでした。二人は裏庭のブランコで遊んでいたんです。ヴァレリーが姉を押してあげてたら……ヘンリエッタが落っこちてしまいました。見たところ、大した怪我ではなさそうだったんですけど、ときどき記憶を失うようになったんです。誰とも口をきかなくなり、何日間も部屋にこもって、絵を描いていました。祖父のシオドアが、ことの重大さに初めて気づきました。そして根気強く、とても優しくあの子の世話をしました。祖父の死は、ヘンリエッタにとって辛い試練でした。祖父のことが、大好きでしたから」

「お嬢さんは、ご自分がおかしいと気づいていらっしゃるんでしょうか？　つまり、ヴァレリーさんのせいだといって、恨んでいるとか？」

「いいえ、恨むだなんて。それはないと思います。むしろヴァレリーのほうが、責任を感じているでしょう。だからこそ、かわいそうなんです。夫はブランコを取り除かせました。それでもヴァレリーは、あの夏の日のことを忘れることができないんです」

しばらく沈黙があったのち、ハーストはたずねた。

「申し訳ありませんが、亡くなったご主人の人となりについて、もう少しおたずねしなければなりません。事件の真相を探るうえで、とても大事なことなんです」

デインは目を伏せ、大きく息をした。

「ハロルドについて……何をお話ししたらいいんでしょう？　今でもまだ、彼のことがわかっていないような気がするんです。とても変わった人でしたから。気分屋っていうんでしょうか、黙りこくっていると思ったら饒舌に話し始めたり、怒り心頭だったのがいつの間にか大喜びし始め、愛情たっぷりになったりという具合でした。彼ひとりのなかに……十もの人格があるんです。まるでたくさんの夫を持ったような感じでした。正直言って、こんな生活はまさに地獄だって思うこともありました。それでも、彼のことをずっと愛していたんです。二、三日間、一睡もしないで仕事に没頭することもあるような、不規則な生活にもかかわらず、驚くほど健康そのものでした。医者知らずで、手術を受けたこともありません。歯医者すら無縁でしたね……夫にはそれが大の自慢でした。しかも、結婚以来ずっとなんです。そういえば一度など、賭けをしたくらいで。

〝いつかおれが歯医者にかかるようなことがあったら、ミステリ作家を廃業して恋愛小説を書こうじゃないか！〟って彼は言ってました。歯を賭けの対象にしたのは、夫にとって幸いでしたわ。だってその翌週、大雨のなかを一晩中墓地にいたせいで、風邪をひいてしまったんです。わたしの知る限り、夫が風邪をひいたのは、そのとき一度きりです。

健康自慢のような、些細なことを、夫はやけに重要視するんです。そのくせ、自分に関する噂など、どこ吹く風でしたね。名誉について、とても変わった、独特の考え方をしていたんです。夫の父親は、とても頭にきているようでしたけど。それに義父《ちち》は、ハロルドがミステリを書いているのも、腹に据えかねていました。そのせいで、何度口論になったことか！」

ハーストはポケットに手を入れ、葉巻を取り出そうとしたけれど、途中で思い直して神経質そうに口ひげをさすった。

「では次に、昨晩の夕食後のことをうかがいましょうか」

「わたしは直接居間にまいりました。七時半だったかと思います。誰か、たぶん兄のロジャーが外出する音がし、その少しあとにヴァレリーがやって来て、劇場に行くのにタクシーを呼んで欲しいと言いました。あの子はとっても怒ってました。というのも婚約者が……」

「それは存じています」

「八時十五分ごろ、グラディスが雑誌を取りに来ました。三十分くらいすると、いつものようにケスリーが降りてきて、何か欲しいものはないかとたずねました」

「そのあいだに、怪しい物音は聞かなかったんですね？」

デインはためらった。

「さあ、はっきり憶えていませんが……特に気がついたような音はありませんでしたね。九時五分前に、サイモンが玄関の呼び鈴を鳴らしました。無意識に玄関ホールの柱時計を見たので、時刻に間違いはありません」

「そのとき、書斎のなかで音がしたんですね？」

「はい、そうなんです。みしみしいうような……でも、あまり大きな音ではありませんでした。書斎のなかから聞こえたのは確かです」

「書斎のなかから」とツイスト博士は考え込みながら繰り返した。「つまり、書斎のドアそのものがたてた音ではないんですね？」

「ええ、そうではないと思います」

「もうひとつ、うかがいますが」とハーストはうつむきながら言った。「これで最後です。あなたが犯人だなんて思っていませんから、こんなことおたずねするのは心苦しいんですが、しかたありません。金曜日の午後四時から七時のあいだ、どこで何をされてましたか？」

デイン・ヴィカーズはぼんやりと宙を見つめたまま、しばらくじっと黙っていた。

「オックスフォード・ストリートを散歩していました。友だちのサリー・ロビンスンと、五時半にセルフリッジス・デパートの入り口で待ち合わせをしていたんですけど――昼すぎに息子さんから電話があって、そう指定されたんです――彼女は来ませんでした。わたしは六時まで待ち、あたりを少し歩いてからタクシーで帰りました」

ハーストはサリー・ロビンスンの住所を控えた。それから博士とともに未亡人のもとを辞去すると、今度はヴァレリーの部屋を訪ねた。ヴァレリーの顔には、心痛の跡が母親よりもいっそう色濃くあらわれていた。ハーストはいつになく礼儀正しく、訊問とも呼べないような訊問は、ほんの短時間で終わった。金曜の午後と土曜の晩にどこで何をしていたか？　それだけだ。父親が死亡していたころ、彼女もオックスフォード・ストリートのあたりを歩きまわっていたが、知り合いには誰も会わなかった。土曜の晩、七時十五分ごろにサイモンからの電話を受け、ちょうど八時前に出かけたけれど、結局劇場には行かなかった。あんまり頭にきていたものだから、どこをどう歩いたかはっきり憶えていない。そして九時半ごろ、ソーホーのナイトクラブで友人たちと出合ったのだった。

「つまりアリバイはないわけだ」とハーストは、ヘンリエッタの部屋をノックしながらツイスト博士にささやいた。

ドアが開くまで、しばらく時間がかかった。

「お入りください、刑事さん」とハロルドの娘は嬉々として言った。

ヘンリエッタはけばけばしい色合いのスモックを着て、首には赤いスカーフを巻いていた。同じ色のヘアバンドで髪を縛り、丸い額が剥き出しになっている。そのせいで、ぎらぎらと光る飛び出し気味の目がいっそう強調されていた。

部屋は二つに区切られていた。正確に言えば、もともと二つの部屋だったのだが、あいだの壁をくり抜いて、カーテンをとりつけたのだ。手前にある右側の部屋が寝室。ヘンリエッタはカーテンを開け、奥のアトリエに二人を案内した。まず目を引いたのは、おびただしい数の絵だった。抽象画は、まるでカンバスに絵の具壺の中味をぶちまけたのかと思うほどだし、具象画は薄ぼやけた色調を背景に、骨ばってにこやかな老人の顔が描かれている。

ヘンリエッタは一枚の絵を誇らしげに指さし、こう言った。

「わたしの最高傑作よ」

黄色い下地にオレンジ色の長方形がいくつか浮かんでい

るのを見て、ハーストは目を丸くした。

「なのに父ときたら」ヘンリエッタはうんざりしたようにため息をついた。「長方形の意味がまるで理解できなかったのよ。愚かな人だわ……これは最低の作品だなんて言ってた……愚かな人よ」

ツイスト博士は、この傑作とやらに見とれるような顔をした。驚きのあまり、ぽかんと口を開けているハーストを尻目に、博士はもったいぶってこう言った。

「お父上が長方形の意味を理解されなかったとは、解せませんな……一目瞭然ではないかね、ハースト君?」

警部はあわてて周囲を見まわすと、どもりながら言った。

「ええ、はい! 長方形ですか……そう、明らかですよ、明らかですとも。言うまでもない。これはその、荘厳ですね。実に荘厳だ! 驚異的といってもいい! 驚きましたよ、心底驚きました! 何と評していいのか、言葉も見つからないほどで……」

ツイスト博士はそっけなく横柄な咳払いで、友人の言葉をさえぎった。

「こちらの下絵も見てください」とヘンリエッタが言った。

「興味がおありだと思いますよ」

ハーストはイーゼルに近よった。

「でも……これは犯行現場の様子じゃないですか!」

「もちろん、まだ完成ではありません」とヘンリエッタは誇らしげに言った。「けれども、いずれ傑作に仕上がるはずです。オレンジ色の長方形を凌ぐほどの傑作に。祖父が生きていたら、どんなに喜んだことか……この場面が気に入ったでしょうね……料理の並んだテーブルの前で、息子が……」ぎらつくヘンリエッタの目に、不気味な光が宿った。「……息子が皿のなかに顔を伏せ、その前にロウソクが灯っている。ちょうど祖父自身が、最初の発作を起こしたときのように……愚かさによって、祖父をなぶり殺しにした息子、彼の横暴さが……そう、神の手により、父は息の根を止められたのです」ヘンリエッタはくるりと振りむき、老人を描いた絵を指さした。「ごらんなさい。あんなに嬉しそうに笑っているわ！」

一瞬、ハーストは、額縁のなかの老人がかすかに目でうなずくのを見たような気がした。

ツイスト博士は気の毒そうにヘンリエッタを見つめながら、何事か考え込んでいた。

「お父上は常識はずれの変わり者だという評判でした」とツイストは言った。「それはいいのですが、意地が悪く愚かだというのは……」

ヘンリエッタは目をきらりと光らせ、ツイスト博士の顔に唾を吐きかけんばかりの勢いで言い返した。

「わたしの絵が何の価値もないと言うなんて、愚かに決まっているじゃないの？　いえ、もう愚かなんてものじゃない、頭がからっぽなんだわ！」

「なるほど、その点はたしかに……でも、意地が悪いというのは？」

「意地が悪い」ヘンリエッタは低いかすれ声で、一語一語区切りながら繰り返した。「祖父に対する仕打ちは言うまでもないけど……もうひとつ、父の性格がよくあらわれている別な例を挙げましょうか。前に一度、ロジャー伯父さんが公演に招待してくれたことがあったんです。いつものような三流のミュージックホールではなく、当時評判の店でした。この契約を足がかりに、伯父さんは名をあげようと思っていました。実際、カルカッタ出身のインド美人を助手にした読心術の出し物は、目の肥えた批評家たちにも大好評でしたから。

それは土曜日の晩でした。たくさんの観客に混じって、有名人の姿もちらほら見えます。わたしとヴァレリー、それに両親は、舞台近くの席についていました。父はだいぶ飲んでいて、大声で下品な冗談を飛ばしていました。母は絶えず諫めていたけれど、効果なしです。わたしたちは、本当に気まずい思いでした。ロジャー伯父さんが助手を引き連れて舞台にあがったときには、さすがに父もおとなしくなりました。ホール中が静まりかえっているのですから、ひとりだけしゃべっているわけにもいかなかったのですが。

それはもう、目をみはるような公演でした。すらりとしてしとやかなインド人の助手は、白い絹のサリーをまとい、額には輝くルビーの飾りをつけていました。謎めいた黒い目を大きく開くと、観衆はうっとりと見とれています。巧みな照明の効果で、彼女は幻想的な光に包まれていました。ロジャー伯父さんは黒ずくめの服を着てサングラスをかけ、金色のターバン姿で助手の脇に立ちました。あたりは水を打ったように静まり、蠅の飛ぶ音すら聞こえそうなほどでした。皆の視線が集まるなか、ロジャー伯父さんは手を上下左右に動かして助手に催眠術をかけました。少しずつ瞼が閉じられ、彼女の体はふらふらとし始めました。今にも宙に浮いていくのではないか。そんな気さえしました。助手は立ったまま、一種の嗜眠状態に陥りました。すると伯父さんは何人かの観客を舞台にあげ、好きな布で彼女に目隠しをさせました。それがすむと客席に降りて、何か手持ちの品を選んで皆に見せるようにと言いました。身分証、アクセサリー、ライターなどです。それから伯父さんは、目隠しをして舞台に立っている助手に、それがどんなものかをたずねるのです。助手は驚くほど正確に答えました。誰もが感嘆していたそのとき……

父が舞台にあがり、皆の注意を引こうと両手をふりあげました。飲みすぎで、足がふらついています。それから父は、読心術のトリックを説明し始めたのです。助手に質問する言葉のなかに、答えを示す暗号が隠されていたのでした。

嘲笑を浴びながら、ロジャー伯父さんはホールをあとにしました。伯父さんが舞台で父とすれちがったとき、わたしたちは本気で恐ろしくなりました。今にもベルトの短剣を抜いて、許しがたい裏切りの張本人に切りかかるような気がして」

10　黄色い部屋の秘密

そこでヘンリエッタは言葉を切ると、ツイスト博士に雄弁な眼差しをむけた。

「これでわかったでしょう。父が死んでも、どうしてわたしが泣かないのか……いえ、父が殺されてもと言うべきかしら。だって、あれは他殺だったんでしょう?」

「たしかに、他殺と思われる理由は多々ありますね」とハーストが答える。

ヘンリエッタは窓に歩みよると、外の風景をじっと眺めた。ヘンリエッタの部屋は書斎のちょうど真上にあった。部屋の向きも同じで、窓が西面に開いている。マロニエの木が立ち並ぶむこうに芝生が広がり、その先にまた並木がある。並木のうしろを守る高い塀を越えると、墓地の鉄柵が続いていた。屋敷を包む惨劇の気配にはまるで似つかわしからぬ、九月終わりの穏やかな日だった。

窓から身を乗り出したヘンリエッタが、「ありがとう、おじいさん」とつぶやく声を、ツイスト博士とハーストはたしかに聞いたように思った。

ヘンリエッタはふり返ると、どこか奇妙だが晴れやかな笑みを二人にむけた。

「ほかにもわたしにたずねたいことがおありでしょ? 昨晩、どこで何をしていたとか? 夕食のあと、そのままここに戻って絵を描いていたわ。ケスリーから事件を知らされるまで。だからアリバイはないわね」

「それでは、金曜日の午後四時から七時までは何をしてらっしゃいましたか?」とハーストは、やけに馬鹿丁寧な口調でたずねた。

「ラッセル・スクエアのベンチにすわって、色彩と光の観察をしていました」

「どうぞ！」

ハーストがドアをノックしようとした瞬間、なかから声がした。

警部と博士はびっくりして顔を見合わせ、ロジャー・シャープの部屋に入った。とそのとたん、ぱたぱたと羽ばたく音がして二人は飛びあがった。白い鳩が部屋を横切り、とまり木にとまった。部屋をひと目見るや、その異様な様子に二人は唖然とした。金の縁取りをした赤いビロードのカーテンで部屋の右側が覆われ、そこにエジプトの石棺が立てかけてある。小さな舞台のうえには、エキゾチックな装飾を凝らしたトランクがふたつ、三つ折の屏風が一帖置いてあった。左にある二枚の大きな鏡には、警部と博士の姿が映っていた。張り出した本棚に半分隠れて、部屋の隅にベッドがある。二枚の大きなポスターが、うえの壁に張ってあった。一枚のポスターには、鎖から抜け出そうと筋肉を張り詰めている奇術師ハリー・フーディーニの写真、もう一枚もやはりフーディーニが、有名な〈中国風水牢〉のなかに入っている写真だ。二つの窓に挟まれて、台座に載った等身大の自働チェス人形がある。

「空気がなくなってきた。そら、急いで！」

石棺から声が聞こえてきた。思わず飛びのいたハーストはあわてて駆け寄り、蓋を開けた。ハーストの脇をもう一羽の白鳩がすり抜け、とまり木にいる仲間のそばにとまった。古代の石棺がからっぽなのを確かめると、警部は唖然とした様子でツイスト博士をふり返った。

「おい、おい、どういうことなんだ！」とつぶやいてハーストが部屋の真ん中に目を凝らすと、また背後から声がした。

「早く。もう息ができない！」

一瞬、恐ろしい沈黙があったかと思うと、石棺の底が開いて、シルクハットに黒いフロックコート姿のロジャー・シャープがおごそかにあらわれた。

「こんな悪戯をしたりして、申し訳ありません」シャープはそう言いながら前に歩み出た。いつのまにか片手に葉巻、片手に火のついたマッチを持っている。

彼はうまそうにハバナ葉巻を吹かすと、こうたずねた。

「それで、捜査の進捗状況は?」

その声に皮肉な口調を感じ取り、ハーストはちらりと目でツイスト博士をうかがった。それで気が落ち着いたのか、警部は破顔一笑した。

「事件解決はもう間近ですよ、シャープさん。時間の問題です。それも言ってみれば、あなたのおかげでね。ヴィカーズ氏には弟さんがいると、昨晩教えてもらったので……いや、いや、ちょっと先走りました。取らぬ狸の皮算用はやめときましょう。絶対の確証を得るまでは、何もお話しするわけにはいきません」

「するとあなたは、晩餐会と犯人消失の謎を解いたというのですか?」奇術師は目を冷たく光らせてたずねた。

「いいえ、まだはっきりしないのですが、いずれはその点もきちんと考えます」警部はもう一度ツイスト博士のほうをうかがうと、反撃に出た。「先ほど、ヘンリエッタさんに話を聞いてきました。姪御さんは父親のことを、あんまりよくは言ってませんでしたね。あなたがヴィカーズ氏からひどい目にあわされた晩のことも、話してくれましたよ……ずいぶんと悪趣味なやり口ですよね」

一瞬、目が険しくなったかと思うと、ロジャーは頭をそらせ、からからと笑い始めた。「ああ、あのことですか!いや、まったくまいりましたよ。はっきり言って、すぐには許せませんでしたね。さっさと荷物をまとめて、二度と戻らないつもりでした。でもハロルドは、あの晩かなり酔っていましたから。翌日はくどくどと謝ってましたよ。申し訳ないってね。ともかくはっきり言っておきますが、ハロルドはもう充分につぐなってくれたんです。あの……ちょっとした悪戯のことは、もう充分に。金銭面でも、損はありませんでした。例の一件があったあと、有力者たちの熱烈なバックアップを受けて、アメリカでツアー公演をしました。たしかに、願ってもないほどの大成功でした。そのうえ、帰ってからわたしとハロルドは契約を結んだんです。いやむしろ、ストーリー作りのための提携とでも言いましょうか。わたしが奇術の仕掛けに関する秘密を提供し……彼がそれを最大限に利用する。そうしてわたしは、たっぷりと見返りをもらうというわけです。例えばほら、『死者はさまよう』という作品、もしお読みでしたら、あれを思い出してください」

ハーストはうなずいた。

「ええ、あの謎解きには驚かされましたね。あまりに単純すぎて、誰も思いつかないほどでした」

「もっとも効果的なのは、つねにもっとも単純なトリックである。奇術師なら皆そう言うでしょう」

ロジャー・シャープは腕を広げ、絹のスカーフを出した。それからとまり木に歩みよると、二羽の白鳩をスカーフでそっと包み、くるくると丸める。にやりと笑ってスカーフを宙にはためかすと、二羽の鳩は影も形もない！

「ほらね、わたしの言った意味が、これでおわかりでしょう？」と奇術師はつけ加えた。声には皮肉のかけらもなかった。

「そりゃ……そりゃもう」わが目を疑いながらも、ハーストは体面をとり繕った。

ロジャー・シャープは、鮮やかな指さばきを申し訳ながるかのように咳払いをひとつすると、言葉を続けた。

「姪が父親に抱いている憎しみめいた感情には、さほどの根拠はありません。あの子は、少々頭がおかしいからなんです。そのせいで、どこにでもあるような親子喧嘩や諍いを、大袈裟に考えてしまって。もちろん、ハロルドには何度も言いましたよ。娘の絵にもっと関心を示してやれって。でも、性格なんでしょうね、思ってもいないことは口にできないんです。特にその点が、ヘンリエッタには我慢ならなかったのでしょう。ええ、間違いありません」

「おじいさんが死んだのは父親のせいだと、あからさまに非難していましたけど」

ロジャーは両手をふりあげた。

「とんでもない。それもヘンリエッタの誇張ですよ！　息子に非難を浴びせていたのは、シオドアのほうなんですから。彼はハロルドの書いているミステリ小説が、忌まわしい病的なものだと思っていました。時代についていけなくなった、哀れな老人です。ほかのミステリ作家も読んでいたら、ハロルドの作品なんてむしろ古くさい、人畜無害なものだってわかったでしょうに。そりゃハロルドだって、毎日のように非難されていれば、言い返したくなりますよ。たしかに、口論が度を越したこともあります。けれども、シオドア老人がそのショックに耐え切れなかったとすれば、悪いのは自分自身だと言いたいですね」

「やはりヘンリエッタさんの話によると、シオドアさんは亡くなる少し前、息子のヴィカーズ氏に脅迫めいたことを言っていたそうじゃないですか。もし運命の鉄槌が下されなければ、自分が墓から抜け出して、家名を汚す人間に罰を与えるだろう……とかなんとか。本当ですか？」

ロジャーはかすかに笑みを浮かべた。じっと考え込みながらフロックコートを脱ぐと（二羽の鳩がばたばたと羽ばたきながら飛び出すと、またとまり木にとまった）、ブロンドの髪をかきあげた。

「そうらしいですね。わたしは妹から話を聞いたのですが」突然ロジャーは、不審そうにハーストを見あげた。「まさか幽霊を信じているなんて言わないでくださいよ、警部。墓から抜け出した男が……」

「とんでもない。幽霊だなんて、警察が問題にするものですか」とハーストは言い返した。「ロンドン警視庁がそんなあやふやな話で事件を処理しているわけないでしょう。けれども義弟《おとうと》さんの殺害には……この世ならぬものが関わっているらしい。そんな形跡が見られることは、あなただって認めますよね。つまりそこに、犯人の用いた策略があるんです。ところで密室の問題について、あれから考えてみましたか？」

「ええ、夜遅くまで。でも、残念ながら成果なしでしたね！　ただ考えれば考えるほど、トリックはきわめて単純なものだという気がしてきました。というのも、犯人はとても短時間で書斎から抜け出したはずだからです。時間のかかる微妙な操作を必要とするような、精巧な道具を使った可能性は排除されるわけです。何かとても単純な方法、とてつもなく単純な方法ですよ。だからこそ、どうにもどかしいんです。もうひとつ気になるのが、半分水の入ったカップの件ですね。どうして水なんでしょう？　どうして窓の下に置いてあったんでしょう？　いくら頭をひねっても、わかりません。自慢じゃありませんが、奇術のことなら、たいていのトリックは知っているつもりなんですけど。ところで、ハロルドがメモをとっていたノートは見つかりましたか？」

「残念ながら、まだなんです」とハーストはため息混じりに答えた。「書斎をしらみつぶしに探したんですけど。犯人が始末してしまったのかもしれません。最後にもうひとつうかがいますが、シャープさん。ハロルド・ヴィカーズは、今でもよく読まれていたんですかね？　はっきり言って、彼の本は最近売上げが落ちていたのでは？」

奇術師はうなずいた。

「専門家筋はあいかわらず絶賛していましたが、たしかに一般読者は離れ始めていました。その点はハロルドも、気がかりで仕方なかったでしょう。特に最近は、いつにもまして悩んでいました。もう一度人気作家に返り咲くため、何か秘密の計画を練っているようでしたね」

「ありがとうございました、シャープさん」そう言うハーストの顔には、勝利の確信が見てとれた。「本当にどうも。大変参考になるお話をうかがえました。事件の解決は間近ですから、ご安心を」

こうして二人は暇を告げた。階段のところでツイスト博士がそっとたずねた。

「ハースト君、やけに自信たっぷりのようだが、この事件をすべて解明したのかね？」

「ええ、大筋では。もちろん、いくつか細かな点は残っていますが、にわかコックの野郎を捕まえたら……たっぷり料理して、吐かせてやりますよ！　わはは！」

「それはたのもしい。だったら、少しばかりメニューを明かしてくれないか？」

「今しばらくお待ちを……」ハーストは書斎の前で立ちどまり、ドアや窓、暖炉を調べさせていた警官に声をかけた。「どうだ、何か見つかったか？」

いちばん若い警官が、ルーペを手にやって来た。

「暖炉に不審な形跡はありません。煙突はとても狭くて、抜けられないでしょう。窓の取っ手も異常なしです。錠にも細工した形跡はありませんね」

「まったく見当違いだったというわけか？」

若い警官は申し訳なさそうな顔をした。

「残念ながら、そのようです。ただ、かすかにニスの臭いがしまして……」

「ニスの臭いだって？」とハーストは眉をつりあげて怒鳴った。「きみはずいぶんと鼻が利くようだが、ニスの臭いがしたからどうだっていうんだ？　何を言うかと思えば、ニスの臭いだと。それでほかには？」ハーストは肩をすくめ、ツイスト博士のほうにふり返った。「さあ、腹ごしらえと行きましょうか。そうすれば、いい知恵も浮かぶでしょう」

「十一時半か」とツイスト博士は、腕時計を見ながら言った。「まだちょっと早いな。どうかね、もう一ヵ所行ってみないか？　ハロルドが最近頻繁に訪れていたという、隣のコリン・ハバードのところへ」

コリン・ハバード医師の家は、両側にバラの生け垣が続く小道を抜けた先の、見るからに気持ちのいい場所にあった。漆喰塗りの白壁と赤い屋根が、淡い緑の芝生のうえにくっきりと浮かんでいる。あふれる色彩のハーモニーのなかに、紫苑が星型の花びらを開き始めていた。

ハーストとツイストが呼び鈴を押すと、おどおどした目つきの瘠せた男が姿をあらわした。こめかみに静脈が浮き出し、顔には苦悩に満ちた皺が深く刻まれている。二人が身分を名のると、男は客間に通した。

「まったく恐ろしい事件です」とハバードはか細い声で言

った。

　客にウイスキーを注ぐ手がぶるぶると震えているのに、ツイスト博士は気づいた。絶えず何かに怯えているようだ。博士はぐるりと室内を見まわした。どこもかしこも、きちんと整頓されている。パイプの道具がきれいに並んだ小卓脇の肘掛け椅子に、医師はゆったりとすわり込んだ。立派なマホガニーの本棚には、大部分が医学書で占められた大量の本がきれいに並んでいた。どうやらコリン・ハバード医師は、趣味人にして整理魔らしい。〈貴婦人と一角獣〉の壁かけを模した細かな刺繍のタペストリーの下側に、王政復古様式の美しいタンス、そのうえには石油ランプと銀の額縁があった。高価そうな木の手箱と、バラを生けたクリスタルの花瓶にはさまれ、夢見るような目をした若い女が額縁のなかで微笑んでいた。

　ハーストが気まずい沈黙を破った。

「お隣さんが亡くなられて、さぞかし驚かれたでしょう。殺された状況についても、ご存知かと思いますが……」

　ツイスト博士がふと見ると、ハバード医師の手がグラスを強く握りしめていた。指先が白くなっている。

「まったく、恐ろしいことです」ハバードは何とか言葉を発した。「今朝早く、シャープさんにお会いしました」

「焼け爛れた顔と手、料理の並んだテーブル……死の晩餐会といったところですかね」ハーストは葉巻に火をつけながら、そう言い添えた。

　ハバード医師はいっきにグラスを空けると、またウイスキーを注いだ。ポケットからハンカチを取り出し、額を拭っている。

「お隣さんとは古いお付き合いで？」

「いいえ、まだ数年ですね。引退して、この家を買ったときからです」

「ロンドンのご出身ですか？」とツイスト博士がうつろな目をしてたずねた。

「ええと……そうではありませんが、長年ロンドンに住んでいました。ハーレー街で開業していましたから」

ハバードはそう言いながら顔を伏せ、しばらく黙り込んだ。それから、写真に写った若い女の優しくもの憂げな目に視線をむけた。

ツイストは気まずい沈黙を破り、静かな声で言った。

「娘さんですか？」

「死んだ家内です」とハバード医師は悲しげに答えた。

博士は気の毒そうな顔をして、それ以上はたずねなかった。

「こうしておじゃましたのは」ハーストが咳払いひとつして、話し始めた。「故人の人となりについて、あなたからお話がうかがえるだろうと思ったからなんです。このところ、よく訪ねて来てましたよね……」

「ええ、たしかに」

「何か共通のご趣味でも？　どうして急に親しくなられたんですか？」

ハバード医師は汗で濡れた額を、またハンカチで拭った。

「二人で文学を論じたり……」

「ミステリについてですか？」とツイスト博士はにこにこ笑ってたずねた。

「はい、そうなんです！　ミステリについてです！」そう言うハバード医師の顔には、安堵の色がありありと浮かんでいた。「お互いミステリが大好きでしたから」

ツイスト博士は鼻眼鏡をはずした。青い目がいたずらっぽく輝いている。

「それでは、コナン・ドイルの『黄色い部屋の秘密』についても、話し合われたことでしょうね？　ハロルドさんの好きな作品だったそうですから」

コリン・ハバードはしたり顔で、初めて笑みを見せた。

「そりゃ、もう、かのシャーロック・ホームズが登場する『黄色い部屋の秘密』のことは、何度となく話してましたね。実に驚異的な物語です！」ハバードはウイスキーをひと口飲むと、うっとりとした表情で天井の片隅を見つめた。

「有名な探偵について、ハロルドさんはこまごまと語ってくれましたっけ。今でも耳に残っていますよ。例の鹿撃ち帽にパイプといういでたちで、謎めいた黄色い部屋を歩きまわる様子が……」

「ホームズに負けず劣らず有名な、ワトスン博士もいますよ」文学のことなら詳しいとばかりに、ハーストが口を挟んだ。「あの驚くほど愚鈍な医者ときたら、誤った手がかりを追うことにかけては天才的だ……あんなに間の抜けた男は、小説のなかでしかお目にかかれませんね」

「ああ、ワトスン博士ねえ」とコリン・ハバードは微笑みながら言った。「そうは言っても愛すべき人物ですよ」

ツイスト博士は会話の仲間に入らず、口もとに笑みを浮かべたまま二人の話をじっと聞いていた。ハーストとツイスト博士が暇を告げたとき、十二時になっていた。

11　ハースト警部の推理

セント・ジェイムズズ・パークのベンチにすわり、カニンガムはもの思わしげに景色を眺めていた。淡い緑のしだれ柳が、池の暗い水に映っている。白鳥が一羽、水面《みなも》に銀色の筋を引きながら泳いでいった。芝生からほのかな熱気が立ちのぼってくるけれど、風はそよとも吹かず、木々の葉が揺れる気配もない。四つ目のサンドウィッチを頬張っているツイスト博士に、カニンガムはちらりと目をむけた。こんなに食欲旺盛なのに、少しも太っていないのはどうしてだろう？

「どういうことかね、カニンガム君？」口ひげをそっと拭うと、犯罪学者はたずねた。

「どういうって、何がですか？」

「被害者について話してたじゃないか」

「ああ、そうでした」とサイモンはため息混じりに言った。「ぼくもロジャー・シャープさんと同意見です。それにヴァレリーとも。父親のことになると、ヘンリエッタは大袈裟なんですよ。ともかく、ぼくはハロルドさんと仲よくしてました。ロンドン警視庁の機構や捜査方法について、二人でいろいろ話したもんです。そのことでは質問ぜめにされましたっけ」

「小説の資料として、役立てようというのだな」

「もちろん、そうでしょうけど。でもどちらかといえば、感じのいい人ですよ。謎めいていて、無口なときもありますが、ヘンリエッタが言うような人物ではありません」

そのあと、しばらく沈黙があった。鴨の親子が、一列になって泳いでいる。サイモンはそれを目で追いながらたずねた。

「ドアや窓からは、何も見つかりませんでしたか？」

ツイスト博士はサンドウィッチの残りを急いで飲み込んだ。

「収穫なしだ。ニスの臭いがしたという話だが、ハーストはまったく問題にしていなかったな」

「ニスの臭いですって？」

「ああ、警官のひとりが臭いに気づいてね。今のところ、わたしにもそれ以上のことはわからんのだが」

サイモンはベンチから飛びあがって、両手を天にふりかざした。

「でも、それってとても重要なことかもしれませんよ！」

「何か思いあたることでもあるのかね？」ツイスト博士は眉をつりあげた。

「いいえ……でも……どんな手がかりもないがしろにしてはいけません！　ぜひとも解明しなくては！」

「どうもこの事件には、いろいろと臭いが絡んでいるようだな。でも心配はいらんよ。きみの上司が問題にしていないからって、わたしまで無関心ではないから」そこでツイスト博士は腕時計を見た。「もう二時過ぎだ。ハーストが遅れるはずないのだが……ほら、来た！　あの勝ち誇ったような顔からして、いい知らせを持ってきたようだな」

ハーストは満面の笑みを隠し切れない様子で、二人のそばに走り寄った。警部がどすんと腰かけると、ベンチは抗議の軋み声をあげた。もったいぶってゆっくりと葉巻に火をつけ、それからおもむろに爆弾を発する。

「諸君、そもそも死体の身元が違っていたのですよ。あれはハロルドではなく、その弟スティーヴン・ヴィカーズだったんです！」

あとに続く沈黙を味わうと、ハーストは先を続けた。

「さて、死体の顔はめちゃめちゃ、おまけにその手は焼け爛れ、指紋の照合もできないときて、わたしは考えずにはおれませんでしたね。死んだのは、皆が思っている人物ではないのかもしれないと」ハーストは部下にむかって愛想よく笑顔をふりまいた。「そうなんだよ、カニンガム！　まあ、きみもわたしくらいに経験を積んだら、こんなひらめきもたやすく得られるようになるさ……

そんなふうに思っていた矢先に、双子の兄弟を写した最近の写真を見せられた。顔の表情が多少違うのを別にすれば、二人は瓜二つだ。わたしの疑惑は確信に変わりましたね。そこで時差を利用し、夜中の三時ごろオーストラリアの警察に問い合わせたんです。できるだけ早く調べてくれるって、約束してくれましたよ。先ほど十二時、ロンドン警視庁に報告が届きました。読んでみると、スティーヴン・ヴィカーズは一カ月以上も前にオーストラリアを発って、兄のもとにむかったというのです。農園の従業員が、そうはっきりと証言しています。兄のもとに、ですよ」とハーストは繰り返した。「一カ月以上も前に出発しているのに、まだ姿をあらわしていません……もう一度言いましょうか。顔を潰された死体があり、そっくりの兄弟がいて、しかも弟はなぜか行方を絶っているんです」

ツイスト博士は静かにうなずいた。

「なるほど。だが、そんな偽装を行う動機は何だと思うんだね？　誰がその黒幕なんだ？」

ハーストは眉をしかめた。

「嫌ですね、ツイストさん。わからないなんて、おっしゃらないでくださいよ！　この事件は徹頭徹尾、演出にすぎないんです。じっくりと計画された殺人なんです。それじゃあ、うかがいますが、こんな奇怪な大芝居を打つほど歪んだ精神の持ち主とは誰なんでしょう？　謎解きの巨匠、密室の専門家のほかに、いったい誰がいるというんです？」

「ハロルド・ヴィカーズですか……」とサイモンが息を呑んでつぶやいた。

「彼の性格については、あらためて述べませんがね」少し間を置いて、ハーストは続けた。「でもあんな仕掛けを思いつくのは、ヴィカーズのような突飛な人間だけですよ。違いますか？　それじゃあ、動機と行きましょうか。結局わたしの推測は、当たらずとも遠からずでした。ハロルド・ヴィカーズは読者に忘れられるのを潔しとせず、偽装自殺を図ったのです。

証人たちが皆、口を揃えて言っていることです。ヴィカーズにとって、作品がすべてだったと。稀に自分の殻を抜け出し、凡人の暮らしに合わせているとき以外は、絶えず頭のなかで忌まわしい陰謀、驚くべき状況、突拍子もない物語を考えていました。要するに、彼はミステリのために全生涯を捧げていたんです。けれどもすでに明らかになったように、彼の作品に関心を持つのはもはや限られた読者だけです。もちろんハロルド・ヴィカーズにとって、それはお金の問題ではありません。不意の物入りにも困らないくらいの財産はありましたからね。その点も、確認してみなければいけませんが。ともかくこんな凋落は、ヴィカーズにとって受け入れがたいものです。長年、第一人者として君臨してきた自分が、少しずつ片隅に追いやられ、ついには誰からも見むきされなくなってしまうなんて！　そう思ったとき、ヴィカーズのような男ならどうするでしょうか？　唯一の方策は、一念発起の大博打を打つことです。彼の脳裡には、早くも新聞の大見出しが躍っていたに違いありません。密室の巨匠、密室で殺害さる！　でも、これだけではまだ足りない、もっと事件にひねりを加え、派手で不気味な色合いを強調しなければ。死体は料理の並んだテーブルに倒れ込んでいるのに、誰もこの料理を運び込んだり準備したりできたはずがない……ちょうど自分が書いていた小説のように！

さて時間を追って、事件の展開を整理してみましょうか。そもそも一九〇七年に同じような状況で殺されたチャールズ・フィールダーの事件が、ヴィカーズの仕業だったとしても驚くにはあたらんでしょうね。二つの事件のあいだには、偶然の一致とは思えないほど共通点が多すぎます。故フィールダー氏の交友関係に彼の名前が見つかる可能性も、ないとは言い切れません。熟考の末、ヴィカーズは昔の犯罪をもとに、いくつか改善を施すことにしました。彼の名を高めた怪奇色を加え、幽霊を犯人に仕立てあげたのです。

計画が整ったら、弟を訪ねました。ついでに言い添えれば、これは三十年間で初めてのことでした。長年たっても、容姿が似ているかどうか確かめるためです。なぜか旅行の目的を秘密にしていた点も、つけ加えておきましょう。こうして彼はスティーヴンに会い、偽装が可能だとわかったのです。おそらくそのとき、次の下準備もしたのでしょうね。翌年の秋にはイギリスに来るよう、弟を説得して。

一年後、彼は計画の第二段階に入りました。次回作について周囲に吹聴し始めたのです。密室で見つかった死体、できたての料理、窓の下にあった水のカップ、手袋などについて。すべては順調に運びました。みんな興味津々で、この小説が読める日を心待ちにしているでしょう。いよいよ彼は弟を呼び寄せました。週の初めごろ、港の船着場に迎えに行き、適当な口実をもうけて隔離しておいたのです。言わずと知れたあの想像力を持ってすれば、そんなことはお手のものでしょうからね。金曜の午後、屋敷から人を追い払うと、弟をあの世に送って演出の準備を始めました。ひとり彼が出した夕食会の招待状も忘れてはなりません。ひとりは警察の代表としてカニンガム、きみにだ。きみには全幅の信頼を置いていただろうからね。もうひとりは新聞記者。もちろん、誰でもいいというわけじゃない。彼とその作品を評価して、必ずセンセーショナルな記事を書いてくれそうな新聞記者でなくては。土曜の晩の奇術は、どんな仕掛けだったのかって？ それはヴィカーズ本人に聞いてみなくては。せいぜい華麗なるトリックを期待しようじゃないですか。彼は生涯を恐るべき騙しのテクニックに賭けたのですから。

ともあれこの事件により、ヴィカーズはトップ・ニュースの主人公となり、彼の本はこぞって読まれるに違いありません。再び、栄光のときがやって来るのです。初めは死後の栄光ですが、ほどなく事態は変わるでしょう。まさかと思われたときに、死んだはずのヴィカーズが姿をあらわすのです。ここでもまた、演出効果は絶大です。彼がどんな手を使って、弟殺しの罪を言い逃れるつもりなのかは聞かないでください。鉄のアリバイでも用意したうえで、この奇怪な殺人に論理的な説明を与えてくれるのでしょう。何ひとつ手抜かりなく準備してあるはずです。相手は恐るべき敵、ミステリの巨匠なんですから……言うまでもなく、いくら計画を見抜いたからといって、彼を自白に追い込むのは至難の業でしょうね」

「何てことだ」とサイモンは頭を抱えて唸った。「本当にそうだとしたら……ヴァレリーはこんな恥辱に耐えられるだろうか……父親が人殺しだなんて……」

ハーストは不満そうに口をとがらせ、肩をすくめた。

「ともかく、犯人は屋敷の一員さ。ハロルドにせよ、別の人間にせよ……」

ツイスト博士は考え込みながら、池におりる芝生の坂道を見つめていた。鴨の親子が葦の茂みからあらわれて、ガアガア鳴きながら餌を求めて水に潜っていく。

博士はいきなり瘦軀を起こすと、すぐに戻るからと言ってすたすたとレストランにむかった。五分後、サンドウィッチを両手に帰ってくると、啞然として見ている二人にかまわず、ひとつ目のサンドウィッチに喰らいつく。それからもうひとつを、鴨の親子に分け与えた。名探偵は大股でベンチに戻り、腰をおろした。

「実は鴨が大好きでね」そう言ってツイストはパイプに火をつけた。「ところでハースト君、ハロルド・ヴィカーズの人気が凋落しているというのは、ちょっと大袈裟なんじゃないかね。たしかに、新聞スタンドに本が並んでいるほどではないが、まだ名声はアメリカでもそこそこ保っているじゃないか」

ハーストは葉巻をくちゃくちゃに噛んで、不満そうな顔をした。

「いいですか、ツイストさん。今はそんな些細な点にこだわっている場合じゃありません。ちょっとしたニュアンスの違いですからね、わたしの推理を覆すほどのことじゃないですよ」

「まあ、いいだろう。でも実を言うと、きみがそうした結論に達するだろうと思っていたよ」

ハーストはむっとしたようだった。

「では間違いだと？」

「ああ、今のところはそう思うね。死体の顔が焼かれていたのには、もちろん意味があるのだろうが」

「それじゃあ、何がひっかかるんですか？」

ツイスト博士は目を伏せ、ゆっくりと言った。

「それは措いておくとして、これからどうするつもりかね？　ハースト君」

「ヴィカーズ夫人と二人の娘を死体安置所に呼んで、遺体の確認をしてもらいます」警部は腕時計を見た。「三時十五分前か。三時の約束となっていますから、そろそろ行きましょう」

「やれやれ、さぞかしショックを受けるだろうな……」とサイモンは悲しげに言った。

遺体の身元確認をすれば、婚約者が安心する結果が出るかもしれない。けれどもサイモンは、通りの角で上司とツイスト博士を待つことにした。

凍りついたような静寂が、死体安置所を包んでいた。空気もひんやりとして、壁の色まで寒々しい。青白い顔の死体を収めた引出し式の冷凍庫が、そこにはめ込まれていた。部屋の中央にある可動テーブルのうえに、白いシーツの掛かった遺体がある。

「どうしてこんなことをさせるんですか？」ヴァレリーは涙をこらえきれず、うめくように言った。

デイン・ヴィカーズもハンカチを顔にあてて泣いている。ヘンリエッタはぎらぎらした目で、シーツの下に横たわる体をむさぼるように見つめていた。

「どうしてこんなことを？」とヴァレリーは繰り返した。

白衣を着たリーダム医師は、ツイスト博士とハースト警部にちらりと目をやり、すまなそうに両手を広げてこう言った。

「規則なんですよ。検死解剖の前に見てもらったほうがいいんです」

ハーストは一歩前に進み出ると、困ったように顎を押さえ、それからうつむいて手をうしろにまわした。

「奥さん、わたしはこうしたつらい状況によく立ち会っていますから、今のお気持ちは誰よりもよくわかりますよ。けれども苦しみを乗り越え、ご遺体をじっくり見ていただくようお願いしなければなりません……」

「昨晩、もう見たじゃないですか！」とヴァレリーが叫んだ。「なのに、どうして？」

ハーストは目を閉じ、深呼吸した。

「両手と顔が焼け爛れていますからね。今のところ、お父上だと断定する決め手が何もないんですよ」それからヴィカーズ夫人にむき直って続ける。「おつらいでしょうが、お願いします。ご主人のことは、誰よりもよくご存知だったのですから。はっきりと確認できるのは、奥さんだけなんです。ただ形だけ調べるのではなく、細かい部分までよく見て、本当にご主人なのか、あるいは別人なのかを証明するような点を見つけてくださるよう重ねてお願いします」

再びヴァレリーが母親に助け舟を出した。

「警部さん、父は虫歯が一本もなく、歯医者にかかったこともありません。父の親友で、家族が行きつけの歯医者さんがいますから、確認してみてください」

ヴィカーズ夫人は顔を手で覆い、しゃくりあげながらうなずいた。

「そのとおりよ」とヘンリエッタも言った「父はしょっちゅう自慢していたわ」

「それはわれわれも知っています。リーダム先生が調べてみたところです」とハーストは答えた。

「ええ、遺体の歯は完全にそろっていて、一本の虫歯もありませんでした」と検死医も認める。

「たしかにこの年齢では珍しいことですが、確かな証拠とはいえません」

「だったら、見せてください！」とヘンリエッタが苛立ったような口調で言った。けれども、目は嬉しそうに輝いている。

ハーストは遺体に近づきかけたリーダム医師を手でさえぎり、哀れむような重々しい声で未亡人に言った。

「誤った期待を持たれては困りますが……これがご主人ではないと信じるにたる理由があるのですよ」

「そうかもしれないということです」ツイスト博士がやんわりと訂正した。「まだ可能性にすぎません。さあ、勇気を出して、奥さん……」

ハーストの合図で、リーダム医師はシーツを腰のあたりまでめくった。デイン夫人は気力をふり絞り、目をしっかりと見開いて身を乗り出した。それからすぐに顔を背け、泣き崩れた。

ハーストはため息をつくと、ヘンリエッタに目でたずねた。ヘンリエッタはしばらく動こうとしなかったが、急に顔を輝かせ、つかつかと遺体に近よった。そしてシーツの裾を膝までめくり、脛骨のうえあたりにある小さな傷痕を指さした。

「ほら、これを見て。去年、オーストラリアで、口金のないじょうろにぶつかってしまったの。父は帰るなりこの傷を見せ、心配していたわ。あんまり治りがよくなかったから。医者にも診てもらい、二針縫ってもらったはずよ」

今度はヴァレリーも近よった。

「そうよ、わたしも憶えている。これは父だわ。間違いなく、父よ……」

12　ニスと燃料アルコール

午後五時。ツイスト博士、サイモン・カニンガム、アーチボルド・ハースト警部の三人は、ロンドン警視庁のオフィスに再び集まった。重苦しい沈黙が、部屋を包んでいる。机のうしろにすわった警部のどっしりとした人影が、開いた窓を背景に黒く浮かびあがっていた。ヴィクトリア・ストリートの喧騒が、外から聞こえてくる。警部はもやもやと立ち込める煙を手で追い払うと、吸いさしが山になった灰皿で葉巻を乱暴にもみ消した。

重い息づかい、憮然とした顔つき、額に垂れ下がる前髪。ハースト警部はじわじわと湧きあがる鈍い怒りを抑えかねていた。

「これらの状況が何を意味するのか、よくわかっておられないかもしれませんが」と警部は、静かだが有無を言わせぬ口調で切り出した。「死体はたしかにハロルド・ヴィカーズのものでした。けれどもそれが弟だと誤解させるよう、何者かが手はずを整えたのです。弟の不可解な失踪、顔を焼かれた死体というように。正体不明の人物はまた、ハロルド・ヴィカーズがこの異様な犯罪を演出した張本人であるように見せかけました。不気味な夕食会、消失した犯人、謎めいた水のカップ。どれもヴィカーズが準備中の作品そのままです。こうした派手な道具立てが示す犯人は、ほかにいませんからね。さらに言うならば、この演出そのものが動機の提示にもなっていました。ハロルド・ヴィカーズはどうしてこんな策を弄したのか、それをわれわれに示しているのです。もちろん巧妙なことに、すぐに見抜けるわけではありません。けれどもあれこれ考えた末に、弟が失踪したとわかると、最終的に出てくるのはこの結論しかありません。自分では、熟慮の結果のつもりなんですがね。しばらくすると、ハロルド・ヴィカーズの名で、ロンドン警視庁に手紙が届くでしょう。もちろんタイプで打った手紙です。自らの恐ろしい行為を悔いて、自殺を決意した。どうせ埋葬に値しないのだから、遺体は決して見つからないようにしてある。そう手紙には書いてあります……事件は解決ずみとなり、警視庁としても大満足、初めからハロルド・ヴィカーズの企みを見抜いていたと鼻高々です」

ツイスト博士はため息をついた。

「前にも言ったように、最初はわたしも同じように推理してみたのだが……何もかも明白すぎる、あまりに明白すぎるんでね。だからあえて口を挟まずにいたんだ。見えない手が引く道のあとをたどっているようで、どうも気に入らなくて」

「そうはいっても」ハーストはあざ笑うように大きく息を吐いた。「犯人にも予見できないことがありました。さもないちっぽけな傷痕が、死体の身元をはっきりと明かしてしまったのです。ハロルド・ヴィカーズだと。

諸君、今われわれの前にあるのは、巧妙な策略家、邪悪な陰謀、一筋縄ではいかない術策です」とハーストはもったいぶった口調で続けた。「この演出の目的はただひとつ、われわれを攪乱し、真の動機を隠すことです。それなら、ハロルド・ヴィカーズが死んで得をするのは誰でしょうか？」

「それなら」とツイスト博士が指摘する。「二人の人物は容疑者から除外できるな。故人の娘二人は小さな傷痕をものにして、あれが父親の遺体だと進んで認めた。もし犯人だとしたら、あんなふうには振る舞わなかったはずだ。殺されたのがハロルド・ヴィカーズだとわかったら、計画が水の泡になるのだから。もちろんそれだけでは、無実の決定的証拠にはならないが、二人にとって有利にはなる」

「ありがとうございます、ツイスト博士」とサイモンは、少し馴れ馴れしい口調で言った。「けれどもぼくには、わざわざ証明するまでもなく、ヴァレリーの無罪は明らかですね。ヴァレリーにそんな企みができるわけありません！馬鹿げてますよ。彼女のことはよく知ってます。お二人だって、ぼくくらい彼女を……」

「ともかく」とハーストは、若い警官のほうに身を乗り出して言った。「この惨劇にハッピー・エンドはないだろうがね。犯人は屋敷の誰かに違いないだろうからな。まあ、きみなりに考えてみてくれたまえ。ところで、ロジャー・シャープが言っていた故人の遺言書を確認しました。遺産は三等分され、ヴァレリー、ヘンリエッタ、デイン夫人のものとなります。さらに夫人には、屋敷の用益権が与えられます。おそらく弟の財産も、そこに付け加わるでしょう。スティーヴンも殺されたと考えてしかるべきでしょうから。われわれの知る限り、それもかなりの額になります」

サイモンが口を開きかけたが、ハーストは黙って聞けと身ぶりで示した。

「仮定を積み重ねる前に、もう一度事件の経過をいちから見直してみましょう。重要な時点ごとに、ひとりひとりのアリバイ、動きを細かく追ってみるのです。現在わかっていることから、冷静で客観的な状況分析をしていけば、自ずと真実が明らかになるでしょう」

警部は書類の束をひっかきまわしてファイルを取り出すと、葉巻に火をつけた。

「さて、昔々あるところに」とハーストは、神妙な口調を取り繕って話し始めた。「ハロルド・ヴィカーズを殺そうと企んだ人物がいた。ところが、たちまち障害にぶつかってしまった。ヴィカーズを殺せば、真っ先に疑われるのは自分だからだ。いったんは計画をあきらめたものの、ヴィカーズが準備中だった謎の話を聞いて、もう一度着手することにした。その人物は謎解きを書いた作家のメモ帖を見つけ、狡猾な企みを思いついた。それがどういうものかは、すでに知ってのとおりです。犯行の少し前、犯人はスティーヴン・ヴィカーズと連絡をとり、イギリスに来るようにたのんだ。ついでに言っておけば、犯人はハロルドの弟をよく知っていて、何らかの影響力を及ぼしうる人物と思われます。スティーヴンは一カ月以上前にオーストラリアを発ち、ここ数日のあいだにイギリスに到着した。犯人は彼を出迎え、殺害して死体を隠した。ここまではいいですね？」

ツイスト博士とサイモンはうなずいた。警部は開いたファイルに目をやったまま少し瞑想にふけると、また先を続けた。

「金曜の正午、食事のときに、ハロルド・ヴィカーズは言った。午後四時から七時まで、屋敷内で誰にも会いたくないと。これはきっと、犯人のさしがねによるのでしょう。午後の初め、サリー・ロビンスン夫人なる女性の息子がヴィカーズ夫人に電話をかけ、五時三十分頃にセルフリッジス・デパートの入り口で母親と待ち合わせできるかと問い合わせた。少なくともヴィカーズ夫人はそう証言していますが、まだ時間がなくて裏は取っていません。

午後四時から七時。この間に犯人は二通の招待状を投函し、ハロルド・ヴィカーズの頭に銃弾を撃ち込んで殺害した。凶器は被害者のもので、サイレンサーがつけてあった。おそらくこのとき、料理の用意もしたものと思われます。

ロジャー・シャープはリージェント・パークを散歩していた。証人はなし。

デイン・ヴィカーズはオックスフォード・ストリートでロビンスン夫人を待っていたが、相手は来なかった。証人はなし。

ヘンリエッタはラッセル・スクエアにいた。証人はなし。

ヴァレリーもオックスフォード・ストリートを散歩していた。証人はなし。

土曜の午後七時三十分、食事を終えるとロジャー・シャープ、ヘンリエッタ、ヴァレリーは自室に戻り、ヴィカーズ夫人は居間に行った。

七時四十五分、ロジャー・シャープは屋敷を出て、ミュージック・ホールへむかった。ヴィカーズ夫人は、彼が出ていく音を聞いている。

七時五十五分、ヴァレリーが出がけに、母親に声をかけた。

八時、ケスリー夫妻が調理場を出て、自室に戻った。

八時十五分、グラディス・ケスリーは調理場にアスピリンを探しに来た。それから居間によって、ヴィカーズ夫人から雑誌を借りた。

八時四十五分、フィリップ・ケスリーがやって来て、ヴィカーズ夫人に用はないかとたずねた。そのあと調理場でシロップ水を飲み、自室に戻った。

ついでにここでつけ加えるなら、ドアを破ったあとに見つかった料理の状態から言って、犯人が書斎から出たのは早くてもこのときでしょう。違うかね？　カニンガム」

「まさにぎりぎりの線ですね」とサイモンはため息混じりに答えた。「ぼくはむしろ九時くらいかと思いますが」

「それじゃあ、続けましょう。九時五分前に、きみが呼び鈴を押した。ヴィカーズ夫人がドアを開けに来た。その途中、書斎の前で、ものがはじけるような音を聞いている。きみは何も聞かなかったのか？　カニンガム」

「ええ、聞きませんでした」

ハーストはかすかに笑みを浮かべてうなずくと、また話し始めた。

「きみはスプリンガーが来るまで入り口の前にいた。スプリンガーに状況を説明し、三人で屋敷の外をまわってみた。書斎の鎧戸は閉まっていて、隙間から光が漏れているのを確認。三人はすぐに引き返した。ヴィカーズ夫人が書斎のドアをノックし開けようとしたが、返事はなかった。フライの匂いがしたけれど、風邪をひいていたヴィカーズ夫人にはわからなかった。そうこうするうちに、ケスリーがやって来る。鍵穴に内側から鍵は差し込まれていないことを確認。今度はスプリンガーがドアを開けようとする。ケスリーが類似の鍵を持ってくる。カニンガム部長刑事がその鍵でドアを開けようとするも、ドアには鍵ではなく、差し錠がかかっていることを確認。内側から差し錠をかけるのが、ハロルド・ヴィカーズのいつもの習慣だった。あとはもう、ドアを破るしかない。そのときが九時十五分。

では次に容疑者たちが、八時四十五分から九時十五分までどこで何をしていたのか、確認してみましょう。

ロジャー・シャープはミュージック・ホールで、九時十五分には公演中だった。数十人の証人がいるけれど、奇術師なんてどれも同じに見えるものです。ヘンリエッタは自室にいたのでアリバイはない。ヴァレリーも、ナイトクラブで友人と会った九時三十分までのアリバイはない。ディン・ヴィカーズ夫人のアリバイは……八時五十五分以降は確実だ。

動機はどうでしょうか？ ヴァレリーは相続人。ヘンリエッタも相続人。しかも彼女は、父親を憎んでいて……頭も普通じゃないらしい。ロジャー・シャープには一見動機はなさそうだが、妹が遺産を相続すれば彼にも損にはならない。それに義弟との協定だって、本人がほのめかしていたほどうまく行っていたのか怪しいもんです……ハロルドのせいで笑いものになった晩のことも、忘れてはならないし。ヴィカーズ夫人も相続人。それだけでなく、彼女には嫉妬という動機もある。夫がぬけぬけと裏切っているのを、知っていたはずですから。ハロルドとの生活は地獄だったろうと、多くの人たちが証言しています……」

アラン・ツイスト博士は疑わしげに手をふり、小さく口をとがらせた。

「地獄か……でもほら……そう言ってしまうのは簡単だがね」

ハーストは黙ったまま、サイモンとツイスト博士の顔を順番にしげしげと眺め、また話し始めた。

「内側で差し錠のかかった書斎から、犯人がどうやって抜け出したのかはまだわかりません。まあ、それはいいでしょう。けれども、皆の話を総合してみると、ひとりの人物が浮かびあがってきます。事実上その人物だけが、前もって調理してあった料理を〝温めなおし〟、油を熱して死体の顔と手を焼き、〝調理用具〟を片づけ、外から差し錠をかけることが可能だったのです。要するにその人物だけが、ひとに見つかる危険性がほとんどなく、玄関ホールを何度も行き来できたのです。階段から物音が聞こえたら、もといた場所に戻ればいいのですから。〝普通に〟殺人を犯したのでは、どうしても自分に疑いがかかる。いうなればそれを避けるために、あんな演出をしなければならなかった人物です。わたしが誰のことを考えているのか、もうおわかりですよね」

重苦しい沈黙が、あたりを包んだ。サイモンは短く刈った髪に何度も手をやると、こうつぶやいた。

「何て恐ろしいことを……考えられない……でも……」

「その人物には」とハーストは続けた。「おそらく共犯者がいたのでしょう……あるいはむしろ、共犯者に操られていたと言うべきでしょうか。とても手先が器用で、人間消失の奇術が得意な共犯者に……」

そのとき、ノックの音がした。

「入りたまえ」とハーストは唸り声をあげた。

ドアが開いて、ニスの臭いを嗅ぎつけたあの若い警官があらわれた。

「おやおや、まだ帰っていなかったのか、ウィルスン？」と警部は皮肉たっぷりに言った。「でも見てのとおり、わたしも残業中だがね。さあ、話を聞こうか。こうしてやって来たからには、何か報告すべきことがあるんだろ」

「ニスの件なのですが」

三人ははっとして、警官に目をむけた。

「臭いの出所がわかりました。錠前を固定しているネジのうえに、何者かが最近ニスを塗り直したんです。もちろん、錠を取り外したのを隠すためです。とても念入りにやっているので、ちょっと見ただけでは古い塗りのうえに新しい塗りが重なっているとはわかりません。あの臭いがしなければ、気づきもしなかったでしょうね」

ハーストは不審げに目を細め、こうたずねた。

「最近、というのは？」

「一日、二日前でしょう。はっきりは断定できませんが」

「それじゃあ」とサイモンが考え込みながら言った。「錠が外されたのは……」

「ええ、そこでわれわれも錠を外し、いっそう入念に調べてみました。まず奇妙だったのは、錠の奥から特殊な形をした小さな金属片が見つかったことです。明らかに、もともとあったものではありません。錠前のことならフーディーニその人に劣らず詳しいアルバートでさえも、どんな働きをするのかわかりませんでした。もうひとつ、内側の鍵穴に近い金属部分に、擦り傷がありました。これもごく最近つけられたようです。いっぽう鍵穴の開口部周辺には、何の跡もありません」

「つまり」とハーストが口を挟んだ。「錠を外さなければ、何も見つからなかったというわけか」

ウィルスンは大きくうなずいた。

「なるほど、謎が解けてきたぞ」ハーストは椅子のうえでふんぞり返り、腕組みをした。「一見、不可能そうだが、やはり差し錠は外からかけたんだな。錠のなかに継ぎ手が固定された、硬い鉄の軸棒を使って。そうすれば、外側に跡が残らないだろうから……」

「わたしたちもそれを証明しようとして、いろいろ試してみたのですが」とウィルスンが言った。「今のところどうもうまくいかなくて。小さな金属片では足りそうもないんです……操作のあと、使った部品を取り出したのかもしれません」ウィルスンは顔をしかめた。「ただし、あのいまいましい差し錠が、もっと動きやすければの話で……」

「そうなんだよ」と言って、ハーストは深いため息をついた。「ともかくひとつ確かなのは、錠には何らかの目的で細工がされていたということだ。ウィルスン、たのむぞ。問題点は、きみが一番よくわかっているんだからな」

「もうひとつ、お話があって……」

「ふむ?」

「チキンが盛ってあった皿に、とても落としにくい染みがついていたんです……」

「染みだって? 何の?」

「油を焼いた染みです。あれは肉汁ですね……皿のなかで、何かを燃やしたみたいに……例えば燃料用アルコールとか。それならテーブルのうえにありましたから。ほら、焜炉の アルコールです」

「何てことだ!」と叫んで、ハーストは椅子から立ちあがった。「つまりアルコールを皿のなかに注いで、燃やしたというわけか……」

「それならぼくとスプリンガーが書斎に入ったとき、まだチキンに湯気が立っていたのもわかりますね」とサイモンが続けた。

「実験をしてみたのですが」とウィルスンが言う。「さほど深い皿でなくても、アルコールをいっぱいに入れると十五分は燃えてました」

「犯人はそうやって、時間を十五分ごまかしたんだ」とハーストは勝ち誇ったように言った。「つまり犯人が犯行現場を離れたのは、きみが到着するより前、そして九時十五分前にケスリーが自室に戻ったあと、つまり九時十分前ということになる! さあ、これで時間については決まりだ、カニンガム!」

「ええ、うまく符合しますね……」そう言ってサイモンは、不安げにハーストを見た。「でもヴィカーズ夫人は……九時五分前に物音を聞いたと言ってますが」

「聞いたと言っている、か」と警部は繰り返した。「なるほど、実に適切な表現だね。その不可解な物音が事実なら、犯人はまだ書斎のなかにいたことになるのだからな……はっはっはっ！」

サイモンはぽんと手を打って立ちあがると、眉をひそめて数歩前に出た。

「ウィルスン、明日、きみのところによって、錠を調べさせてもらうよ」

「さあ、ウィルスン」とハーストも声をかける。「もう行っていいぞ」

若い警官が部屋を出かけると、ハーストはこうつけ加えた。

「お手柄だったぞ、ウィルスン坊や。無駄に日曜日をすごしてなかったようだな」

ウィルスンは誇らしさ半分、恐縮半分で真っ赤になりながら、一礼して姿を消した。

「何か思いついたことがあるのかね、カニンガム？」と警部は満面の笑みを浮かべてたずねた。

「ええ、でも錠を調べてみなければ、まだ断言できません。もし犯人がぼくの思っているとおりの方法で密室から姿を消したのだとしたら、とんでもないはったり《ブラフ》をかまされたことになりますよ」

「犯人とは、つまり……」

「ええ、残念ですが……おそらくあの人しかいないでしょう……そういえば、ひとつ思い出したことがありました。書斎に入ったとき、何ひとつ手を触れなかったと言ったのは、ぼくとスプリンガーの間違いでした。ヴィカーズ夫人がよろめいた拍子に、ドアのノブと錠につかまったんです……すぐにケスリーが支えて、部屋に連れて行きましたが」

しばらく沈黙が続いた。

「今夜、屋敷に行くんだろ？」とハーストは部下にたずねた。

「ええ、ヴァレリーが待っていますから。ああ！　彼女が知ったら……」

「まだ証拠はない。今は何も言うんじゃないぞ」

「大丈夫です」サイモンはため息をついた。

「しっかり目を開けて、みんなの態度を観察するんだ。もし兄が共犯者だとしたら、敵はなかなか手ごわいからな」

13　高まる緊張

サイモン・カニンガムがヴィカーズの屋敷に着いたのは、夜の八時だった。闇が最後の光を呑み込み、日曜の一日が暮れようとしていた。このあたりは、通りにほとんど明りらしい明りもない。けれども墓地の入り口を見分けて、カニンガムは笑みをもらした。白髪混じりの髪に真っ青な顔をし、屍衣に身を包んだシオドア老人の亡霊を思い浮かべた。墓地に入る人影を見たなどと口を滑らせたのは、ヘンリエッタのせいだろうか？　もちろん、そのとおりだ。祖父は墓を抜け出し、父親を懲らしめてやると言っていた。そんなヘンリエッタの言葉につられるなんて、情けないったらない……

屋敷の門に入ろうとカーブしたときも、サイモンはまだ微笑んでいた。けれど小道の脇に二つの人影が見えたような気がして、その笑みも凍りついた。闇からあらわれた二つの影に驚くあまり、急ハンドルを切りそこねて木に激突しかけるほどだった。びくびくしてるから、幽霊なんか見えちまう。サイモンはそう思って、自分で自分の振る舞いにむかっ腹を立てた。屋敷の前に停車し、しばらくじっとしていたが、やがてタバコに火をつけると、彼は車を降りた。

「おいおい、ジャガーでも買ったほうがよかったんじゃないか！」

サイモンが振りむくと、ロジャー・シャープが小道の砂利を鳴らしながら、こっちにすたすたと歩いてくる。

「すみません、シャープさん。気が動転していたもので……ぎりぎりまで気づかなかったんです」

「いや、何、冗談さ」とロジャーは力強く握手しながら、愛想よく言った。「それに気が動転しているのは、きみだけじゃないからね」

「いっしょにいた方のことですか？」サイモンはおずおずとたずねた。

「いいや、ハバード医師のことじゃないけれどね」

「それじゃあ、あれはハバードさんだったんですか！ かわいそうな人ですよね。あんまり驚かせていなければいいんですが……あのお年では、何があるかわかりませんから」

奇術師はサイモンにじっと目をむけた。けれども、彼のことなどまるで見えていないかの様子だった。

「かわいそうな人か……かわいそうな……その表現があたっているかどうかわからないな。ともかく、きみが言っているような意味では」

「ええと……ぼくには、どういうことなのか……」

ロジャーは、サイモンの肩越しに虚ろな視線を投げかけた。

「ちょっと気を休めようと外に出ると、いくらも歩かないうちに彼と出会ったんだ……むしろ、彼の不意を襲ったと言うべきかな。追いつめられた獣みたいな顔で、しきりにあやまってたよ。〝ちょっと様子をうかがいに来たんですが……何かお手伝いできることでも、と思いまして……まったく恐ろしいことですよ、シャープさん、まったく恐ろしい……〟。嘘をついているのは明白だった。だって彼は屋敷の脇、居間の窓の近くにいたんだから」

「物見高い隣人は、どこにでもいますから……」

ロジャー・シャープはタバコを取り出した。闇に浮かぶライターの炎が、印章つきの指輪に火花を散らした。炎の映る淡いブルーの目が、サイモンの目を追っている。

「今朝も一度会って、事件の話をしたんだ。きみに言わせれば、あのかわいそうな男となるんだろうが、彼は震えあがっていたよ……恐れているんだ。何をかって？　それはわからないが、ともかく恐れていることは確かだ」

「犯人が近くに隠れていると知ったからでは？」

「それでここまで嗅ぎまわりに来るか？　いいや、もっと別のことだな」

「何かほかに話してましたか？」

「お気遣いをどうもって言ってやると、そそくさと帰っていったよ。入り口の柵のところまで送ったんだが……そのときスポーツカーが飛び出してきてね！」そこでシャープは、サイモンの肩に手をかけた。「さあ、ヴァレリーのところへ行く前に、いっしょに一杯やろうじゃないか。話し相手が欲しいんだよ。びくついている老人でもなく……神経を尖らせたご婦人でもない相手がね！」

その意味がわかったのは、居間に入って肘掛け椅子に腰を落ち着かせ、ウイスキーのグラスを手にしてからだった。

「ヒステリー女を見たことがあるかい？　サイモン」

「ええ……まあ」

「だったら、それが三人いたと思ってくれ。ほんの三十分ほど前、ここで何があったか想像つくだろう？」ロジャーは顔をしかめ、話題を変えた。「ところで、捜査のほうは進展しているかい？　死体の身元について、何か疑問を持っていたらしいが」

サイモンは咳払いをした。あとから嘘つきと誇られないようにして、どこまで本当のことを言ったらいいのだろう？

「そのようです。だってほら、顔を潰された死体が出てきたとき、警察がまず疑うのは……でも幸いなことに、もう疑問の余地はなくなりました」

もくもくと吐き出すタバコの煙で、ロジャーの顔も一瞬隠れるくらいだった。

「何か手がかりはつかんだのか？　すでに疑わしい人物がいるとか？」

「上の人たちがどう考えているのか、よくわからないのですが」とサイモンは嘘をついた。「ぼくは、その……事件の担当じゃありませんから……」

奇術師の微笑が重くのしかかるのを感じながら、サイモンは気まずそうに顔を伏せた。

「緊張が高まって、みんなぴりぴりしているんだ」しばらく沈黙があったあと、ロジャーはそう言った。「デインも

まったく……ハロルドが死んで、あいつがあんなに落ち込むなんて、想像もしなかったよ。むしろ、ほっとするんじゃないかと思ってたくらいさ。いろいろあったけど、それほど愛してたってことだな……信じられないね。要するに、女の気持ちなんてわからんってことさ」シャープはグラスをじっと見つめると、苛立たしげに中味をゆすった。「夕食のあと、みんなでここに来たんだ。デインとわたし、それに二人の姪でね。妹はもう泣いていなかったが、悲しみが嵩じて怒りに変わっていた。いっぽうヘンリエッタは、喜びを隠そうともしない。嵐の前の、重苦しい静けさだった。そしてデインがこう口火を切った。

〝今すぐここから出ていきなさい、ヘンリエッタ〟

〝どうして出ていくのよ？　いい気持ちでいるのに〟

〝それなら、笑うのはやめて〟

〝どうして笑っちゃいけないの？　わたしは笑いたい気分なのよ〟

〝お父様が亡くなったのに、そんな顔しかできないの？〟

〝そうよ、お母さんだって、よく知ってるでしょ〟

そう言われて妹はかっとなり、見境をなくしてしまったんだ。

〝おまえは頭がおかしいんだわ。すっかり狂っているのよ。そうでしょ！　いずれ誰かが、はっきり言ってやるべきなんだわ！〟

ヴァレリーは母親をなだめようとして、善意から口を挟んだ。

〝ヘンリエッタ、それでもわたしたちのお父さんなんだから、少しは敬意を払うべきよ……たしかに……〟

〝たしかに、わたしは狂ってるって？〟

〝違う……違うわ……そんなはずないでしょ、ヘンリエッタ……〟

〝わたしの頭がおかしいと思ってるのね？　二人とも……〟

〝ヘンリエッタ、お願いだからやめて。お母さんはショックのあまり、自分で何を言ってるのかわかってないのよ……〟

〝わたしは狂ってるんだわ！　あはは！　狂ってるのよ！　おじいさんのようにね。お父さんはいつも、狂人扱いしていたわ！　あはは！　でもそのお父さんがどうなったかわかったでしょ。死んだのよ！　おじいさんが予告したように、死んだんだわ〟

あのときのヘンリエッタがどんなだったか、見ていない者にはわからんだろうな、サイモン。ぞっとするような笑みを浮かべて……わたしは骨の髄まで凍りついたね。それから急に、笑いはやんだ。目はぎらぎらと光る二つの裂け目と化し、声はいつにも増してしゃがれていた。

〝もうすぐおじいさんが来るわ。あなたたちの前に……我慢ならなかったのよ。自分のことも、わたしのことも、狂ってるなんて言われるのが。帰ってくるわ、もうすぐ……〟

〝お母さん、ヘンリエッタに謝るべきだわ。たしかに、笑いたいときには笑ったっていいじゃないの。お母さんには関係ないことよ！〟

この言葉で、デインは完全におかしくなってしまった。頭のてっぺんから爪先までぶるぶる震え出すと、ヒステリックに笑い始めたんだ。笑うのと泣くのがいっぺんで、今にも発作を起こしそうだ。それからいきなり立ちあがって、居間を出ていった。ドアを閉める前に、娘たちにむかってこう言ったよ。

〝ジオドアおじいさんが会いに来るなら、あんたたちにだわ。二人とも狂っているんだから……〟

ドアがばたんと閉まると、今度はヴァレリーとヘンリエッタが口論を始めた。父親、祖父、母親に配慮がないと、互いに責め合ってね。もう自分でも何を言っているのかわからず、罵詈雑言の応酬合戦さ。結局、ヴァレリーが先に部屋に戻っていった。わたしはといえば、ただただ呆気に取られていたよ。三人のあんな様子は初めてみるからな。いやはや何とも！　手がつけられない！　それでちょっと気分転換に出たら、コリン・ハバードに会ったというわけさ……」

「ハバードは口論のあいだ、特等席で見物していたわけですね」とサイモンは言った。

ロジャー・シャープはため息をついてうなずいた。

「なあ、サイモン。どうやら今夜は、みんながみんなおかしくなっているみたいだ。まわりじゅう、狂人だらけだ」

ロジャーはもう一本タバコを抜くと、不安げな様子でぐったりと肘掛け椅子にすわり込んだ。「わたしが読心術の公演をしているのは、知っているだろう？　もちろんあれは特別な知覚能力ではなく、ただのトリックなんだがね。でもそのうち、相手の感情や動揺に敏感になってくるんだ。例えば、誰かの手を取っていくつか質問をしていると、何か急所を突いたなってことが、脈拍や息づかいでわかるようになる。それだけじゃない。第六感と言っていいのか、経験によって培われた心理学的アプローチの結果なのかはわからないが、周囲の雰囲気をしっかり把握して、相手がどう反応するかが見抜けるようになり……めったにはずれることはないんだ！」

沈黙が続いた。サイモンは考え込みながら、重厚な調度品が並ぶ部屋を見まわすと、おもむろにこうたずねた。

「誰が犯人か、見抜いたというんですか？」

ロジャーの目は妙にすわっていた。青い瞳に緑の光が走り、磁気を帯びた輝きを発している。サイモンはうっとりとしたまま、身動きがとれなかった。いくらもがいても、内心の秘めた思いを読み取るこのエックス線からは逃れられない。ロジャーの声が、まるで夢のなかのように響いた。

「いいや。でも感じるんだよ。迫り来る悪と危険を……犯人は再び凶行を企んでいるのかも……」

びっくりしたサイモンの目に、きらめくインドの短刀が映った。奇術師は短刀を突きつけながらこう言った。

「……その犯人というのは……わたしなんだ！」

サイモンは肘掛け椅子に釘づけになったまま、シャンデリアの光に輝く刃が目の前で揺れるのを見つめていた。ロジャー・シャープは頭をのけぞらせて笑い出した。

「いや、申し訳ない、サイモン。でも、犯人を知っているのかとたずねたきみの顔がひきつっているのを見て、ちょっとからかわずにはおれなくてね。今のきみの表情ときたら、見せてやりたかったよ！　白状したまえ。犯人はわたしだって、本気で思ったね」

「さあ、考える暇なんかありませんでしたから。ともかく、ぞくりとさせられたことは確かですね」サイモンはグラスを空けると、咳き込んだ。目に涙が浮かんでいる。「あなたは催眠術もなさるんですか？」

「ああ、でもしばらくやってないがね」

「神通力が薄れてきたとか？」

「その反対だよ。被験者を嗜眠状態から戻すのに、一苦労するようになったんだ。一度など、危うく眠ったままになりそうな女性がいたくらいさ。それできっぱり止めにしたんだ。大体において、最良の霊媒はご婦人連中に多いのだが、サイモン、きみはなかなか悪くないモルモットだね……」

「いざとなればぼくだって、気丈なところをみせますよ。そんなうわべだけで……」

「わかってるさ、サイモン。わかってるって」とロジャーはおかしそうに笑いながら言った。「ロンドン中を震撼させた連続殺人事件に決着をつけたのはきみだってことも、忘れちゃいないさ……何ていったかな、あの殺人鬼？ そうそう、〝老女殺し〟だ……」

サイモンがあんまりまじまじと見つめるものだから、ロジャーは気味が悪くなった。

「どうしたんだ、サイモン？」

「そういえば、あなたの顔は……」

「何だって？」

「髪を茶色に染めたら、そっくりなんです……〝老女殺し〟に！」

ロジャー・シャープはまた大笑いした。

「はっきり言いたまえよ。きみが思うに、わが義弟殺しも〝老女殺し〟も同一人物だ、それはこのわたしなんだって！」

サイモンはすまなそうな顔をした。

「残念ながら、〝老女殺し〟は自殺してしまいました。だからあなたは、ヴィカーズ殺しの犯人にしかなれませんよ」

「残念ながら」とシャープはサイモンの口調をまねて言った。「昨晩は非の打ち所ないアリバイがあるんだ。きみには悪いがね！」

そのときノックの音がした。すぐに居間のドアが開き、グラディスが不安げな顔で入ってきた。何か言い出しかねているようだ。

「どうかしたのか、グラディス？」ロジャーは苛立ちを抑えた口調でたずねた。

「奥様のことが心配で。床につかれて、睡眠薬が欲しいとおっしゃって……」

「そりゃけっこうだ。ゆっくり休んだほうがいいからな」

「そのとおりなんですが。わたくしが睡眠薬をお持ちすると、薬瓶をひったくるようにして取ってしまい、いくら言っても返してくれないんです」

シャープはほっとしたように笑みを浮かべた。

「心配いらないよ、グラディス。大して強い薬じゃないから、危険なことはない。ひと瓶全部飲んだって、何てことないさ。せいぜい、泥のように眠り込むだけだ……デインにはそれが必要なんだし。ともかく、知らせてくれてよかった。すまないね」

グラディスは義務を果たした安堵の表情で一礼すると、戻っていった。

シャープは困惑げに口をとがらせた。

「妹のことがとても心配でね」

「だったら、どうして……」

「いや、今の話じゃないんだ、サイモン。睡眠薬はまったく安全だよ。今朝、お医者さんに会ったが、ショックを受けている女の間近に、危険な薬を置いておくようなことはしないさ。そうじゃなくってね。ヴァレリーから聞いているかもしれないが、あの子の祖母、つまりわたしの母は……」

「心の病だったんですね。うかがってます」

「心の病か」とシャープは繰り返した。「そう、母が亡くなったのは……精神病院だったんだ」

「それじゃあ、ヘンリエッタは遺伝で？」

「さあ、どうなんだろう。医者は違うと言っているが、わかったもんじゃない。あの連中ときたら、患者よりも頭の変なやつばかりだからな！　でも、今心配なのはヘンリエッタじゃなく、その母親のほうさ。あいつがあんなになっちまうなんて、初めてのことだから。見たこともないくらい取り乱して……本当に見たこともないくらいに。夫に対する執着心も、想像以上だった。正直言って、あいつが母親と同じ道を歩むんじゃないかと、不安でたまらないんだ。今夜のデインは、理性をなくしたときの母親と同じ目をしていた。あの晩のことは、一生忘れられないだろうな。わたしたちの父親が、古い錠前に熱中していたことは知ってるね？　一日の仕事を終えたあとも、よく何時間も宝物を分解して修理したり、磨いたりしていたものさ。母親はだんだんと錠を憎むようになった。ついには嫉妬心が嵩じて大きなハンマーを持ち出し、古い錠前をめちゃめちゃに叩き潰してしまったんだ。父親が自慢にしている、すばらしいコレクションだったのに。客がお払い箱にしかけた錠を救い出したと言っては、父はうれしがってたもんさ」

「お父さんは錠前職人でいらしたんですよね」とサイモンはもの思わしげに言った。「なるほど、それで……」

「それでって？」

「いいえ、何でもありません」

再びドアが開き、にこやかな笑みを浮かべたヘンリエッタがその隙間から顔を出した。「こんばんは、サイモン。ちょっとわたしのアトリエに寄ってくれる？　見せたいものがあるのよ。とっても大事なものが」

「ああ……いいけど……」

「それじゃあ、またあとで」


ドアが閉まった。

シャープはため息をついた。ウイスキーのボトルをつかみ、断りの身ぶりをするサイモンにかまわず二人分のグラスを満たす。それから、ふと思いついたかのようにカウンターへ行くと、ミネラルウォーターをカップに半分注ぎ、テーブルのうえに置いた。

沈黙が続いたあと、シャープはたずねた。

「なあ、サイモン。カップの水を使って、外から窓にフックをかけられると思うかい？」

若い警官はしばらくじっと考え込んでいたが、熟慮の末にこう言った。

「はっきり言って、不可能ですね」

「わたしもそう思う。偉ぶるわけじゃないが、専門家としての意見だ。水を使った奇術はたくさんあるけれど、正直なところ、今回の場合とは無関係だろうな。それでも……ハロルドが考えていた密室の謎解きは、このカップの水に基づいていたに違いない。何度もたずねてみたんだが、いつも謎めいた笑みを浮かべるだけでね。カップの水か……馬鹿げているとは思うんだが、謎を解く鍵はやっぱりそこにあるはずなんだ。ああ、ハロルドのメモ帖が手に入りさえすれば！」

たしかにサイモンも、ほかのことはさておき、あの奇怪なカップの水だけには頭をひねっていた。その意味がわかるなら、どんな犠牲も惜しまなかったろう。

長い沈黙のあと、サイモンは肩をすくめてウイスキーをひと口飲むと、立ちあがった。

「それじゃあ、ヴァレリーのところへ行ってきます」

奇術師はもの思いにふけったまま、わかったというように曖昧に手をふった。居間を出たサイモンは、ドアを閉める前にもう一度ちらりとなかを見た。ロジャー・シャープは両手で頭を抱え、カップの水についてまだ一心に考え込んでいた。

14　戦慄の嵐

階段をのぼりながら、サイモンは婚約者のことをあれこれ自問した。二階に着いて廊下を抜け、ヘンリエッタの部屋の前まで来る。彼はためらっていた。見せたい大事なものって何だろう？　まずはヴァレリーのところへ行ったほうがよくはないか？　いや、すぐに終わらせたほうがいい。

サイモンがノックすると、どうぞと遠くから声がした。

寝室は薄暗がりに包まれていた。一枚だけ細めに開かれたカーテンから、わずかな光が射し込んでくるだけだ。ヘンリエッタは片手に絵筆、片手にパレットを持ち、イーゼルのうしろで忙しく絵を描いている。そしてうれしそうにサイモンをふり返ると、黒く長い睫毛をぱちぱちとしばたたかせた。

「ねえ、サイモン。この絵をどう思うか聞かせて」

サイモンの脳裡に警戒信号が灯った。つまらない思いすごしはするな。未来の義姉なんだから、何も心配することはない。そう自分に言い聞かせた。ヘンリエッタは丈の短い、白いスモックを着ていた。その下から、すらりとした足が見えている。裾のボタンが外れているのに気づき、サイモンはあわてて顔をあげた。長い黒髪が肩のうえで大きくなびき、目は興奮で輝いている。

すぐに引き返したほうがいいという予感がしたけれど、彼は必死に平静を装い近づいていった。そして、ほとんど完成しかけた絵を、通ぶった顔をして眺めた。殺人の現場を描いた絵にショックを受けたものの、そんなことはおくびにも出さない。絵では忌まわしさがいっそう強調されていた。死体のナプキンと服には血痕が染みつき、銀食器とグラスはロウソクの光を受けて異様なまでにきらめいている。チキンからは湯気がもうもうと立ちのぼり、背景では勝利の笑みを浮かべた老人の瘠せた人影が、霧の合い間から浮かび出ていた。

「それで、どう思うかしら？」とヘンリエッタは執拗にたずねた。

すぐには答えず、サイモンはうまい答えを探した。相手を傷つけず、ただのお世辞でもなく、それでいてこの絵にふさわしい答えを。

「驚くべき作品だ」ようやく彼はそう言った。「まったく驚くべき作品だね」

大きな黒い目がくるりと自分にむけられるのが見えた。その激しい輝きに、サイモンはまたしてもどきりとした。

「サイモン、あなたにひとつ、とても大事なお願いをしたいの」

「お願いって？」

「これが傑作だってことはすぐにわかったと思うけど、まだ完成じゃないのよ……」

「そうだね。でも作品の本質は充分に表現されている。あと少し手を加えれば……」

「そこなのよ、サイモン。最後の仕上げがとても重要なの」

「きみの才能をもってすれば、完璧に仕上がるさ、ヘンリエッタ」

ヘンリエッタはイーゼルに近より、スツールに片足をかけてじっくりと作品を眺めた。ボタンがもうひとつ外れる。サイモンはかっと熱くなりながらも、優美な足を露骨に見すぎないよう、思いきって目を逸らせた。

「昨晩、書斎に入ったとたん、すぐにわかったのよ。このテーマには絵心をそそるものがあるって。うまく言えないんだけど、死体を見たとき、ぞくぞくと戦慄が走ったわ。絵を描くには、そういう戦慄が必要なの。だからすぐに部屋に戻った。つまり気持ちがのらないと、いい絵は描けないってこと。昨晩はのってたわ。その成果は見てのとおりよ！」

「思うに、画家は皆自分なりのやり方で、精神統一をするんだろうね」

ヘンリエッタは黙ってサイモンの前に立った。目が大きく見開かれ、唇が震えている。今度はサイモンがぞくぞくする番だった。若い女が発散する抗いがたい魅力を見せつけられ、欲望を抑えるのにひと苦労だ。

「サイモン」とヘンリエッタはささやいた。「最後の仕上げで、この傑作を台無しにしたくないわ。だから、ぜひとも気持ちをのせなくては。最高の状態に」

「ああ……そうだね……」

「あなたの助けが必要なの」

「ぼくにできることなら、何なりと……」

「抱いてちょうだい」

サイモンは自分の耳が信じられず、驚きのあまり声も出なかった。

「抱いてちょうだい、サイモン。大事なことなのよ」

そうとも、聞き間違いなんかじゃない。たしかに抱いて欲しいと言っているんだ。なのにどうして棒みたいにつったったまま、何も言わずに見ているんだ？　彼女の肩が、スモックの下でゆっくり揺れているのを。すぐにしゃんとして、抵抗を示すべきじゃないか！　まったく今夜ときたら、この一家に翻弄されっぱなしだ。最初は奇術師の催眠術に惑わされ、今度は目の前のヘンリエッタが、破廉恥な誘いをしかけてくる。しっかりしろ、サイモン。今すぐ。さもないと、とんでもないことになるぞ。

「何を言い出すかと思えば。だめだよ。わかってるだろ、ぼくはヴァレリーを愛しているんだから！」

「じゃあ、わたしが嫌い？」

「そんな意味じゃ！」

「大嫌い、そうなんでしょ。大嫌いだって、はっきり言えばいいわ……」

「とんでもない！　それどころか……きみは……とても……」

「だったら抱いて」

沈黙が続いた。サイモンはヘンリエッタが震え出すのを見て、背中に冷たい戦慄が走るのを感じた。今、冷静を失ってはいけない。時間をかせぐんだ。

「ヘンリエッタ、たのむから、状況をわきまえて。ぼくとヴァレリーは……」

ヘンリエッタの目がぎらりと光った。

「そっちのほうが、わたしの傑作よりも大事だって言うのね？」

「そうじゃないさ。でも……」

「抱いてくれなくちゃいけないの。わかったわね！　その腕でわたしを抱きしめ、そして……」

「ヘンリエッタ、お願いだよ……」

「わかったわ……」

いきなり態度が変わったので、サイモンはびっくりした。ともかく、ひと安心だ。ほっとしたのもつかの間、ヘンリエッタはスモックのうえを引き裂き、肩を剝き出しにした。

「ヘンリエッタ、何してるんだ？」

ヘンリエッタは自分の肌に爪を立て、思いきりひっかいた。たちまち赤いみみず腫れが広がる。

「おい、何してるんだ？　いったいどういうつもりなんだ？」

ヘンリエッタはくっつきそうなほど顔を近づけ、勝ち誇ったように言った。

「抱いてくれないなら、大きな声を出すわよ。犯されそうになったって言ってやるわ」

サイモンは心臓が口から飛び出しそうになった。そして一瞬の判断で、ヘンリエッタに降参した。


たっぷり十分後、サイモンは怒りで青ざめながら部屋を出た。脅迫に屈しただけではない。自制心のかけらもなく、若い女の魅力に負けてしまったのだ。おまけにヘンリエッタのほうは、すっかり彼に熱をあげているらしい！　いっとき理性を失ったばかりに、どんな結果になることか？

そのことは、もう考えたくなかった。サイモンはしばらくヴァレリーの部屋の前でためらった末、気持ちを落ち着け、呼吸を整えてからドアをノックした。


サイモンが部屋に入ると、ヴァレリーは涙に暮れながら文字どおり彼の腕に倒れ込んだ。

「サイモン、来てくれたのね。ああ、よかった！　さっき、ひどいことがあって……」

「わかってる。ロジャー伯父さんに会ってきたから。でも、心配はいらないよ。ぼくがついているからね」

「恐ろしかったわ。ママやヘンリエッタとあんなひどい喧嘩をしたのは初めてよ。わたしは、二人をなだめようと思ったのに……事態を悪化させただけだった。すべて、わたしのせいだわ」

「そんなに気に病まないで。あんな事件があったあとだもの、みんな気持ちがぴりぴりしてるんだ。明日になったら、もっとよくなるさ」

ヴァレリーは大きな青い目を涙で曇らせ、サイモンに近よった。サイモンは泣き濡れた顔に唇を近づけながらも、ヘンリエッタのことを考えずにはおれなかった。怒りがふつふつとこみあげてくる。どうしてあんなに簡単に、正気をなくしてしまったんだ？　いつもは冷静沈着なこのぼくが。ヘンリエッタはまた脅迫してくるだろうか？　そうしたら、どう対処したらいいんだ？　ヴァレリーに打ち明けたほうがよくはないか？　いや、ともかく今の状況ではやめておいたほうがいい。ヴァレリーは異常に嫉妬深いから、事態は悪くなるだけだ。

電気スタンドの淡い光が、ヴァレリーの黒髪と悲しげな美しい顔を照らしている。

「サイモン、こんなことはみんな現実じゃない、ただの悪夢なんだと言って。恐いわ。殺人があって……今日の午後は、死体安置所で……あなたの上司の警部が、あれは父じゃないかもしれないなんていきなり言い出して……サイモン、わたしもうだめ、限界だわ……サイモン、行かないで、もうどこへも行かないで……」

「わかってるだろ。ぼくだってどれほどそうしたいか。でも、だめだ！　ともかく今は、先の計画なんか考えているときじゃない。きみに話さなくちゃいけないことがあるんだ、ヴァレリー。とても恐ろしい話が……気をしっかり持って、聞いて欲しい」

「もうわたしを愛してないのね！」苦しげな目をしてヴァレリーは叫んだ。

サイモンは彼女の腕を取り、髪を優しく撫でた。

「何言ってるんだ。どうかしているよ……きみはぼくのすべてだ。愛してる、ヴァレリー。どんなことがあっても、きみを妻にするつもりさ……」

「ああ、サイモン！　もう結婚していたら、ずっとそばにいてもらえたのに。そうすれば、こんな恐ろしい試練にも耐えられたわ」

サイモンの表情が曇った。

「悲劇はまだ続くかもしれない」

「どういうこと？」

「きみのお父さんは殺、さ、れ、たということは、殺した犯人がいるわけだ」

「もちろんよね。それで？」

「それで……」とサイモンは口ごもった。「警察は屋敷の人間を疑っている。使用人以外のね。もちろん仮説にすぎないけど、それなりの根拠はある。最悪の事態も、覚悟しなくてはならないんだ」

ヴァレリーはがっくりと崩れ落ち、激しく泣き始めた。

「気持ちはわかるよ。恐ろしいことさ」とサイモンは同情を込めて言った。「でも、今のうちに言っておいたほうがいいと思うんだ」

「じゃあ、犯人はやはり……」

「やはりって？」

「ヘンリエッタよ。ほかに誰がいるっていうの？　かわいそうに、とうとうすっかりおかしくなってしまったんだわ。でも、まさかそれほど……」

「ぼくの知っている限りでは、まだ特定の容疑者がいるわけじゃない」サイモンは用心深く嘘をついた。警察の結論を教えたら、今夜のヴァレリーにはとても耐え切れないだろう。「でも、ひと口では説明できない理由がいろいろあってね。きみとヘンリエッタは無関係だろうということで、上司の考えはほぼ固まっている」

「ということは、つまり……」

「そう、残る二人のうちのどちらかってことだ。ごめんよ、ヴァレリー、でも黙っている権利もないだろうから」

つらい沈黙が続いた。ヴァレリーは気力をふり絞って立ちあがった。

「そうね、サイモン。知る必要があるわ。犯人を暴かなくては。さもないと、恐ろしい疑惑に苛まれ、もう生きていけない……本当のことを知らなければ。だから、あなたも……」

「ぼくはだめだよ。そんなこと、ぼくの手に余る。捜査から外してくれるよう、上司にもたのんだんだ。ぼくの立場になってごらんよ……よく知っている、きみの家族が……」

「サイモン、知る必要があるのよ！」

「きっと真実は明らかになるさ。ぼくは上司を信頼しているよ」

15　サイモンのペンキ塗り

夜の十時ごろ、サイモンはマンションの裏庭に車を入れた。エンジンを切って、車を降りる。あたりは薄暗く、周囲の高い建物を照らす黄色い窓明りも、微かな霧にぼやけていた。パディントン駅近くにあるサイモンのマンションは、前世紀に建てられたものだった。広々はしているが、すこぶる快適とは言いがたい。それでもサイモンは満足していた。家賃の値上げはほとんどないし、部屋は一階なので階段をのぼらずにすむ。車を降りて数歩行けば、もう建物の裏口だ。

サイモンはがちゃがちゃと鍵をまわしてドアを開け、廊下の明りをつけた。コートをかけながらふと見ると、二つに折った紙きれがドアの下にある。サイモンは拾って、なかを開いた。

新たな事実が判明した。のちほど、十時三十分から十一時ごろ、お宅に寄る。

アラン・ツイスト

サイモンは眉をひそめ、しばらくじっとメッセージを見つめていた。それから寝室で着替えを始め、出てきたときには古い上っ張りをはおっていた。頭には、シャツをターバンのように巻きつけている。彼はペンキを塗りかけた部屋にむかった。壁と天井は終わっているが、窓枠とドアがまだ残っている。注意深い人ならば、床に敷いた新聞紙や、整理だんすと衣装ケースを覆っているシーツに、ペンキの染みがいくつもあるのに気づき、サイモンはペンキ塗りの初心者らしいと推測しただろう。そのとおり、彼は今まで刷毛に触れたこともなかった。

ぐるりと見まわしたあと、サイモンは溶き油をひと瓶すべてボールにあけ、用もないのに刷毛を洗った。彼は完璧主義者なのだ。油性ペンキの缶をいくつも並べて蓋を開け、結局クリーム色を選んでドアを塗り始めた。

そのあいだにも、ヘンリエッタのことが頭から離れない。きっと彼女も、今ごろ絵筆を振るっていることだろう。ドアと木枠は十五分で終わった。ペンキをけちらないのはいいけれど、もっと丁寧に塗ってもいいものを。いたるところ、ペンキが滴り落ちている。サイモンが窓に取り掛かろうとしたとき、入り口の呼び鈴が鳴った。部屋を出るとき、口の開いたペンキの缶に足がつまずき、中味が新聞紙のうえに流れ出てしまった。サイモンは少しもあわてず、訪問者を迎えでた。

ツイスト博士とハースト警部が浮かない顔であらわれたが、サイモンを見て警部は驚きのあまり目を丸くした。

「カニンガム、そんなかっこうで何してるんだ？　おいおい、ペンキ臭いぞ！」

「部屋の塗替えをしているところだったんです」

「塗替えだって！」とハーストは叫んだ。「きみがか？ちょっと見せてみろ」

サイモンはしぶしぶ二人を例の部屋に通した。ハーストが何と言うか、想像がつこうというものだ。はたして、そのとおりの言葉が返ってきた。

「素人の仕事だな、カニンガム。ほら、そこのドア！まったくひどいもんだ。ほらほら、刷毛を貸して。わたしが手本を……」

「ハースト君」とツイスト博士が割って入った。「ほかに用事があったんじゃないか？」

「ああ、はい。そうでした」と言って、警部はため息をついた。

窓際にむかったハーストは、床に溜まったペンキを危うく踏みつけ、長々とひっくり返るところだった。彼はぶつぶつ悪態をつくと、大きな衣装ケースにかかっていたシーツをむしりとり、どすんと腰かけた。衣装ケースが軋む耳障りな音に、サイモンは飛びあがった。

「それじゃあ、カニンガム、まず今夜の様子から話してくれ」

サイモンはヴィカーズ家を訪ねたときのことを、詳しく報告した。ヘンリエッタの部屋での出来事は、多少省略したけれども。ヴィカーズ夫人と娘たちの口論について話し終えると、ハーストがにやにや笑いながら言った。

「またしても祖父の一件か！　この事件では、やけに祖父の話が出てくるな。ところでカニンガム、耳の穴をかっぽじって、よく聞けよ。われわれはハロルド・ヴィカーズを甘く見すぎていたようだ」

「甘く見すぎるですって？　ええと……よくわからないんですが」

ハーストは皮肉な笑みを浮かべた。

「文字どおりの意味さ！　甘く見すぎていたんだよ」ハーストはしばらく間を置くと、大仰な口調で続けた。「死体はハロルド・ヴィカーズじゃなかったんだ！」

サイモンは、まるで顔面をひっぱたかれたかのようだった。何か言おうと口を開くが、声にならない。

「今夜六時ごろ、死体安置所に呼び出されてね。われわれが帰ったあと、リーダム医師がもう一度死体を調べてみたんだ。ヴィカーズの家族が申し出たことと考え合わせると、どうも気になる点が出てきた。ヴィカーズ家がかかりつけの歯科医は、たまたまリーダムの知り合いだったので、すぐに電話して来てもらった」ハーストはそこで言葉を切り、タバコに火をつけた。「歯科医はブライトといって、ヴィカーズ家の友人だった。ハロルドとも仲がよく、虫歯一本ないのをつねづね褒めていたんだ。歯医者なんか、彼にはまったく用なしだったからな。ここまではいいかね？　ところが死体から、何が見つかったと思う？　二本の差し歯さ！」

サイモンは、膝ががくがくするのがわかった。

「つまりわれわれは、敵をみくびっていたんだ」ハーストはそう続け、挑みかかるように目をぎらつかせた。「ひねりにひねった術策で、ハロルド・ヴィカーズに一杯食わされたのさ」

「でも、そんなはずありませんよ！」とサイモンは叫んだ。「足の傷痕から言って、ヴィカーズ氏としか考えられませんん！」

ハーストは気持ちよさそうに葉巻を吸った。部下が呆気に取られているのを見て、痛快でたまらないらしい。

「そこなんだよ、カニンガム。そこがやつのもっとも手ごわいところなんだ。敵さんのねじれた精神がよくあらわれた、巧妙な仕掛けだったのさ。この知らせを聞いたとき、わたしもすぐにきみと同じ反応をした。例の傷痕のせいで、事実を認めようとせずにな。でもあの傷は、オーストラリアから戻ったときわざと強調していたんだ。治りが悪いといって、みんなに見せびらかしたりしてね。見事なもんだ、カニンガム。実に見事だ。まだわからないかね？」

「さっぱりわかりませんね。やはりあれは……」

「まあ、そうむきになるな、カニンガム！　いいかね、そもそもの初めから、事件をふり返ってみよう。最初われわれは、殺人現場の異様な光景に目を晦まされ、もっとも肝心な点のひとつを見過ごしてしまった。死体の顔が損傷されていたという点だ。そのあと双子の近影を見て、弟が数週間前にオーストラリアからイギリスにやって来たことも知った。そっくりな兄弟がいるとわかれば、死体の身元に疑問が生じるのも当然だ。事件の奇怪な様相からして、どうしたってミステリ作家の奸策だろうと考えたくなる。ニュースの一面を飾るために双子の弟を殺し、自分の死体に見せかけたのだろうと。

まったく彼には脱帽するよ。こんな狡知に長けた犯人を相手にしたのは、初めてだからね。本当の動機を、どうぞとばかりに差し出しているんだ。何て大胆な！　けれども、ひとつの事実により、われわれの予想は覆されてしまう。死体安置所の身元確認で、間違いなくハロルドだと証明する傷痕が見つかったのだ！　疑惑は必然的に、明らかな動機を持った家族の一員にむけられる。その人物は疑いを逸らすために、この信じがたい企みをしたのだろうと。

われわれは妻の有罪を頭から信じ込んでしまう。もちろん、ハロルド・ヴィカーズに対する疑いはすっかり晴れる。彼は殺されたものと思っているんだから。巧妙じゃないか、諸君。巧妙きわまりない。ひねりにひねった計画だ！　われわれはたぐい稀なる犯人により、見事に一杯食わされたんだ。やつはすべてを見通していた。ただひとつ、弟に二本の差し歯があったことを除いて！」

「でも、死体の足にあった傷痕はどう説明するんですか？　警部のお話では、あの死体はスティーヴンだということになりますが」

ハーストはうんざりしたようにため息をつき、言葉を続けた。

「一年前、ハロルド・ヴィカーズはオーストラリアに住む弟を訪ねた。そのとき、彼の計画はすでに出来あがっていた。もちろん訪問の目的は、二人がまだよく似ているかどうかを確かめるためだ。歯の状態も心配だったが、弟が自分と同じく虫歯が一本もないのを確認して、さぞかしほっとしたことだろう。ただ惜しむらくは、二本の差し歯があったのに気づかなかったんだ。ハロルドはうまく二人並んだ写真をとり、それを持ち帰って、これ見よがしに書斎に飾った。理由は言うまでもないだろう。それからがやつの計画でもっとも天才的なところなんだが、弟が足に怪我をするようにしむけ……自分も同じ場所に同じような傷を作ったんだ！　イギリスに戻ると、その傷に皆の注意を引きつけた！　あとはきみも知ってのとおりだ。身元確認のとき、傷痕に気づかないはずはない。死体がハロルドではないなんて、想像もつかないじゃないか」

サイモンは言葉もなかった。にわかづくりのターバンを脱ぐと、汗に濡れた額を手の甲で拭う。その髪にペンキの染みがいくつかあるのに気づき、ツイスト博士は思わずにっこりとした。

「あとはハロルド・ヴィカーズがどのように姿をあらわすかだ」ハースト警部は続けた。「交通事故で少しばかり顔を傷つけ、弟と入れ替わりでもするのだろうか？　それとも、このままずっと行方をくらますのだろうか？　あんな恐ろしい男のことだ、どんな可能性だってある。ある日突然、自分の家にあらわれないとも限らない。そのときやつは、いったいどんなとんでもない説明をすることか？　もちろん、今のところそれはわからない。ともかく、こんな桁外れの目くらましをやってのけたんだからな、この先何があっても不思議じゃないさ。やつが相手では、不可能はない」ハーストはうんざりしたような顔でうなずいた。

「こんなことを、栄誉のためにするんだから。ただ栄誉のためだけに……信じられんよ」

「でも」とサイモンは口ごもった。「ヴァレリーとヴィカーズ夫人にはどう話したらいいんでしょう……二人ともハロルド・ヴィカーズは死んだと思っているのに！」

「まだ何も言わんほうがいいだろう。明日、知らせることにしよう。ハロルドが被害者だろうが犯人だろうが、つらいことに変わりはないだろうからな。さて、そろそろ退散するとしよう。もう、くたくただよ。昨晩は一睡もしていないんだ。ともかく、明日また集まることにしよう。週末も終わりか」

警部はツイスト博士を家まで送った。その途中、サイモンのペンキ塗りの腕前について、ひとこと言わずにはおれなかった。

「見ましたか、あのドアを？　すっかり台無しだ！　ヴィカーズの娘の絵よりひどいですよ！　幸いなことに、手先に比べれば頭の働きは立派なもんですがね。それにしても、この事件ではずいぶんショックを受けているでしょう。死体はやっぱりハロルド・ヴィカーズじゃなかったと言われたとき、どんな顔をしたか見ましたよね！　真っ青でした。まあ、まだわたしほどの経験はない、ひよっこですから。それに普通の事件とはわけが違いますし。それだけは言えますよ。でも犯人のひねりにひねった策略について、わたしの説明をちゃんと理解したのかどうか。結局……」

ツイスト博士は内心やれやれと思っていた。若い部長刑事の肩を持ってやりたかったが、車が薄暗い下り道を疾走中なので、口に出すのは控えた。

「ところでツイストさん、さっき警視庁を出る前に、ブリグズ警部の部屋に寄ったようですが？」

「そのとおりだよ」

「なるほど、わたしを出し抜こうというんですね！　ハロルド・ヴィカーズがチャールズ・フィールダー殺しに関わっているというのは、わたしの思いついたことですよ！　どうして、こそこそ調べたりするんですか？」

「チャールズ・フィールダーの事件について、ひとつブリグズ君に聞きたいことがあってね。ちょっとした質問さ。きみの仮説とは何の関係もないから、安心したまえ。ああ、着いたようだ……」

友人を降ろしたあと、再び車を出したハーストの頭にあったのはひとつだけ、眠ることだった。

16　赤い絵

空はとっくに最後の灯火を消し去り、夜の帳がヴィカーズの屋敷を包んでいた。あたりに立ち込める霧が、闇をさらに深めている。午前三時、屋敷はしんと静まり返り、どこもかしこも真っ暗だった。ひとつだけ明りのついた部屋では、ヘンリエッタが絵を仕上げていた。

「さあできた」と彼女は大声で言った。

数歩うしろに下がって、自分の作品をじっくりと眺める。誇らしげで満足そうな表情が顔に浮かんだ。

「崇高だわ！　こんな奇跡をなし遂げようとは、自分でも思わなかった！」

そのころ、暗い廊下にそっと忍び込むひとつの人影があった。影はヘンリエッタの部屋の前で立ち止まった。

ヘンリエッタは、テーブルに顔を伏せた父親の姿をうっとりと見つめている。

「荘厳で、神々しい！　この傑作にふさわしい題名を考えなくては！」

愛情と狂気の混ざった奇妙な微笑みで、彼女は口もとをほころばせた。

「この絵を描いたのは、あなたのためなのよ、おじいさん。これをあなたに捧げるわ」ヘンリエッタは顔を輝かせた。「〝祖父の帰還〟。題名は決まった。〝祖父の帰還〟！」

廊下の人影は注意深くドアを開け、なかに入ってまたそっと閉めた。部屋を仕切るカーテンに近づき、少しだけ開いた。ヘンリエッタが窓から墓地のほうを眺め、願い事をしている。「おじいさん、戻ってきて、おじいさん……」

人影はゆっくりとカーテンを開き、足音を忍ばせてヘンリエッタに近づいた。その気配を感じて、娘はいきなりふり返った。目の前の人影を見て、彼女はささやいた。

「ああ、おじいさんなのね！」

三時半ごろ、皆が眠りについた屋敷の静寂を、恐ろしい叫び声が引き裂いた。すぐにフィリップ・ケスリーが部屋着をはおり、階段を駆け下りた。妻のグラディスも叫び声を聞いたけれど、恐ろしさのあまり体がすくんでしまい、毛布の下で縮こまっていた。ケスリーは二階で立ち止まった。開いたドアから漏れる光が、廊下の奥を照らしている。ヴァレリーの部屋だ。ケスリーは部屋にむかって突進し、少しの躊躇もなくなかに入った。パジャマ姿のロジャー・シャープが、必死にヴァレリーをなだめている。けれどもヴァレリーはまるで耳を貸さず、ベッドに横たわってぶるぶると震えていた。

「落ち着け、ヴァレリー。落ち着くんだ」ロジャーは穏やかだがきっぱりとした口調で言った。「恐ろしい悪夢を見ただけだよ。ああ、ケスリー。いいところに来てくれた。手を貸してくれ……」

「何があったんですか?」と執事がたずねる。

「ヴァレリーが悪夢を見て、大声を出したんだ。そうあわてなくてもいいさ……」

「いいえ、夢なんかじゃないわ!」とヴァレリーは叫んで、ベッドから起きあがった。「たしかに見たのよ。すぐ目の前に……何て恐ろしい……」

シャープは深いため息をついた。

「わかったよ、ヴァレリー。それじゃあ、何があったのか詳しく話して」

ネグリジェ姿のヴァレリーは寒そうに体を縮こまらせ、胸の前で腕を組んで、震え声で話し始めた。

「……眠っていたの。恐ろしい夢を見てた。おじいさんが墓から抜け出して、こう言ったわ。〝ここだよ、ヴァレリー、わたしはここだ……戻ってきたんだ……〟。目を覚ましても、まだ声は聞こえた。鈍い、くぐもったような声が。〝ここだよ、ヴァレリー。墓から抜け出してきたんだ……〟。とっさに、まだ夢を見ているんだと思った。けれども、枕もとのスタンドをつけたら……」ヴァレリーは恐怖に体をこわばらせ、目を大きく見開いて伯父にしがみついた。「……見たのよ……おじいさんを見たの……白いシーツに包まり……真っ白な骸骨のような顔をして……白髪混じりの長い髪をふり乱し……にやっと笑った……わたしが大声で叫ぶと……ドアから逃げていったわ……」

ヴァレリーはわっと泣き伏した。伯父はいたわるように、その肩に腕をかけた。

「悪夢だよ。でも、もう終わったんだ」

「いいえ、悪夢じゃないわ。本当よ」ヴァレリーは泣きじゃくりながら言った。

グラディスが戸口にあらわれた。

「ああ、よかった。てっきり、また誰かが殺されたのかと思いましたよ！　だから……警察に電話してしまいました」

四時十五分前、電話が鳴る音に鼓膜を突き破られ、ハースト警部はベッドから飛び起きた。ぶつぶつと悪態をつきながら暗闇を手さぐりで進み、受話器をとる。

「もしもし……ああ、わたしだが……何だと！　ヴィカーズ家で殺人事件？　誰が殺されたのかはわからないって！　ああ、わかった！　ディクスン、よく知らせてくれた。すぐ行く。ツイスト博士にも電話して、十分後にむかえにいくと伝えてくれ」

四時少しすぎ、ハーストの車は全速力でヴィカーズ家の門を抜けた。

「警察からもう誰か来ているようだな」そう言って警部は、警察車の脇に自分の車を止め、ヘッドライトを消した。

「くそっ！　何にも見えやしない！　おまけにこの霧だし！　惨劇の気配漂うときには、決まって……」

ツイスト博士は勢いよくドアを開けると、砂利道を踏みしめ歩き始めた。

「いやはや、何てこった！」ハーストは博士のうしろでそう唸ると、足に絡みついた布きれを振りほどいた。

玄関の階段をのぼると、ドアが開いて警官が顔を出した。

「事件ではなく、ただ怯えただけのようです」と警官は困惑したように言った。「屋敷の娘が悪夢を見て叫び声をあげたので、あわてた使用人が警察に電話をしてきました。つまり、誤報ということです。わざわざ出むきましたが……

……」

「ともかくお入りください」シャープがやって来てそう言った。「とんでもない勘違いでした！」

シャープは二人を居間に通した。真っ赤になって恐縮しているグラディスを、夫のフィリップが慰めている。けれどもヴァレリーは、まだ泣きながら言い張っていた。

「夢なんかじゃないわ。たしかに見たのよ……目の前に……

……」

ツイスト博士はヴァレリーに近より、優しくなだめながら「話してごらん」と言った。ヴァレリーは気を取り直し、先ほど伯父とケスリーにした話を繰り返した。

聞き終わると、ハーストと奇術師は目を見合わせてうなずいたが、ツイスト博士はじっと考え込んでいる。

「白髪混じりの髪に骸骨のような顔だったんだね」博士は思いやり深げな目をヴァレリーにむけた。「もっと詳しく説明してくれるかな？　たしかに、おじいさんだったのかね？」

ヴァレリーは乱れた髪をうしろにひとふりし、ため息をついた。

「ともかく死人みたいでした。やつれた青白い顔、黒く落ち窪んだ眼窩。染みだらけの白いシーツに身をくるみ、白髪混じりの長い髪をふり乱して笑ってた……でも、一瞬のことだったので……おじいさんだったかどうかは、はっきりわかりません。でも死人です。死人か、幽霊か……ほかに言いようがないわ」

「ドアから出ていくときは？」

「それも一瞬のうちでした。わたしは恐くてたまらず、叫び声をあげ……」

ツイスト博士は礼を言うと、ハーストとシャープに話しかけた。

「つまり二つの可能性がある。ヴァレリーさんは悪夢を見たのか、何者かが変装して脅かしたのか。第二の仮定に立ってみよう。すると真っ先に浮かぶ疑問は、何のためにそんなことをしたのかだ」

突然、ハーストが表情を変えた。

「ちょっと待てよ。ほら、ツイストさん、昨晩というか、もうおとといの晩になりますが、カニンガムも言ってましたよね。老人を見たような気がするって！ 墓地に入っていく老人を！」

それを聞いて、みんなあっと叫んだ。ツイスト博士もうなずいている。

「わたしもそれが気になってね。だからこそ、夢ではないだろうと思ったんだ。二十四時間のうちに二人の人間が同じ幻覚を見るなんて、偶然の一致にしては妙だからね。二人が見たという〝幽霊〟の姿は、ほとんどまったく同じだ。屍衣を着た、白髪混じりの髪をした老人。カニンガム君は、その幽霊が墓地に入るところを見た。ヴァレリーさんの話でも、幽霊は墓のことを口にしていた。正確には、〝墓から抜け出てきた〟と言っていたんだ」

「ツイスト博士」とシャープが眉をしかめて言った。「それはシオドアおじいさんだったなんて、おっしゃらないでくださいよ！ たしかにお墓はすぐそばですが、埋葬したときには間違いなく死んでいたんです！ もし幽霊を信じておられるなら、はっきり言って……」

「まさか、とんでもない」と博士はむっとしたように答えた。「けれどもこの事件では、シオドア・ヴィカーズや墓地の話がずいぶんと出てくる……だったら、一度その墓を見に行ってみるのも悪くないと思うのだが……ところで、ヴィカーズ夫人ともうひとりの娘さんはどこかね？」

「デインはたっぷり睡眠薬を飲んだので、熟睡してますよ」とシャープが答えた。「叫び声も聞いていないでしょう。わざわざ起こす必要はないと思いますね。ただでさえ、精神状態が普通じゃありませんから」

「ヘンリエッタさんは？」

「放っておきましょう!」とシャープは勢い込んで言った。「あの子が首を突っ込んでこないほうがいい。特におじいさんらしい幽霊の話にはね」

沈黙があった。ツイスト博士はハーストの靴を見つめながら考え込んでいる。警部は眉をひそめた。

「おやおや、靴を見たことないんですか?」

ツイストは黙って椅子から立ちあがると、警部の足もとにひざまずいた。

「どうしたんだね、これは?」博士はハーストのズボンの裾についた染みを指さし、そっけなくたずねた。

警部はあわてて身を屈め、口ごもった。

「どうしたと言われても。泥か何かが……」

「血だよ」とツイストは顔を曇らせ言った。

「いやはや……おっしゃるとおりだ! どうして血なんかついたんだろう? 何も……」ハーストは目を丸くして立ちあがった。「シャープさん。懐中電灯はありますか?」

「ええ、もちろん……でも……」

「すぐに持ってきてください。外に行って、玄関の前を調べなくては。さあ、ツイストさん!」

屋敷を出る前に、ハーストは外灯のスイッチを入れた。光線が霧のなかに溶け込んでいく。博士を連れて車のほうへむかいながら、ハーストは説明をした。

「さっき、車から降りたとき、ボロきれのようなものが足に絡まったので、芝生のほうへ飛ばしたんです。ズボンが汚れたのは、あのときしかありません。ほら、あそこです。おや、何も見えないぞ!」

「ボロきれは、もともとどこにあったのかね?」

「車と玄関の中間くらいです」

「すると、墓地にむかう小道と交叉するあたりだ。そうだろ?」

「ええ、あんまり気に留めなかったんですが……」

「それをどんなふうに飛ばしたんだ? 手で放り投げたのか?」

「いいえ、足で」

「それなら、あまり遠くには行っていないな。ここが交叉点だ」

砂利を踏みしめる音がした。ハーストとツイストがふり返ると、懐中電灯の光が近づいてくる。あとを追ってきたロジャー・シャープに、警部はざっと事情を説明した。シャープは警部に懐中電灯を手渡した。捜索はすぐに片づいた。ハーストが照らした先に、黒っぽい染みのついた白い布きれがある。彼はそれを拾いあげ、光をあててあとの二人に示した。

「ほら、血塗れです。この血はまだ新しいな」

死の静寂が続くなかで、三人は顔を見合わせた。青白い光を受けた顔は、えもいわれぬ不気味な表情を作っている。ハーストがまず口を開いた。

「幽霊かと思ったのは、生身の人間だったというわけだ。しっかり血を流してますからね。ツイストさん、あなたの意見に賛成です。ちょっとばかり墓地を調べたほうがよさそうだ。こやつは、そっちにむかったようですから」警部は懐中電灯の光を小道にむけ、ロジャー・シャープに声をかけた。「この道から通り抜けられますか?」

「いいえ。でも塀を越えて鉄柵をよじ登れば、墓地に出ますよ」

「それじゃあ、今すぐみんなで……」

「しまった、まずいぞ!」ツイスト博士はそうさえぎると、屋敷にむかって走り出した。

ハーストとシャープも、あわててあとを追った。博士は呆気に取られているケスリーや警官を尻目に全速力で階段を駆けのぼり、ヴィカーズ夫人の部屋の前で止まるとドアを叩いた。

「睡眠薬で眠ってますよ」と奇術師が息を切らせながら言った。「いいから入りましょう」

ドアを開けて明りをつけると、シャープはほっとしてため息をついた。デインはベッドのうえで熟睡している。それでもいちおう傍により、身を乗り出して様子を見た。

ツイストはすぐさま廊下に戻り、ヘンリエッタの部屋の前に行って荒々しくドアを叩いた。ハーストといっしょにやって来たシャープに、ツイストは目でたずねた。奇術師は黙ってドアを開けた。明りが灯ると、不安げな三対の目がベッドにむけられた。ベッドは空っぽで、人が寝た形跡もない。さっきドアを開けたとき、暗い部屋のむこうから光が漏れていた。それに気づいたツイストは急いで部屋を横切り、仕切りのカーテンを引いた。イーゼルの前に、ヘンリエッタが倒れている。その喉は、耳から耳へざっくりと切り裂かれていた。

イーゼルに掛かった絵はヘンリエッタの血しぶきを受け、ぞっとするほど真に迫っていた。

17　死者たちの王国で

午前五時。屋敷は警官であふれ返っていた。すっかり怯えきったヴァレリーは、早々に部屋に戻った。ヴィカーズ夫人はまだ自室で眠っている。起こして恐ろしい知らせを告げるのは、医者の到着を待ってからのほうがいいだろう。アーチボルド・ハーストは髪を振り乱し、居間を行ったり来たりしていた。

「これを見てください！」警官のひとりがハーストのところへ来て、そう叫んだ。

警部は差し出された白髪混じりのかつらと白いシーツをむしり取り、床に並べた。

「血痕だな」ツイスト博士は大きな布地を調べて言った。

「それに、一部分が切り取られている。たぶん、外で見つかった切れ端がそれだろう」

ハーストは切れ端を取ってきて、シーツの脇に置いた。切り取られた部分にぴったり合っている。

「するとヴァレリーさんの話は、やはり悪夢ではなかったんだ」とツイスト博士は言った。「何者かがシオドア・ヴィカーズの幽霊に変装して……ヴァレリーさんを脅かし、姉を殺した」

「どこでこれを見つけたんだ」とハーストが警官にたずねる。

「階段の下です。地下室へ降りるドアの前あたりに。ご案内します」

玄関ホールを抜けて、数段くだるとドアに突きあたった。

「ここです」

ツイスト博士はドアの鍵が厳重に閉まっているのを確かめた。それから、もの思わしげに顔をあげた。

「階段の曲がり角から投げ捨てたのだろう。隠し場所にしては芸がないな。それに、血がたっぷり染み込んだシーツの切れ端が、どうして外にあったんだろう？　何もかも理屈に合わない。自分の不利になるような遺留品は、普通人目につかないようにするものじゃないか。時間がなくて、急いで隠さねばならなかったのかもしれない。でも、それならどうして血塗れの部分を引きちぎり、わざわざ……」

「墓地にむかう小道に置いたのか？」とハーストがあとを続けた。「こうなったら、すぐ墓地に行かねばなりませんね」

「そのとおりだ。犯人の引いた道を歩かされているような気がするが、ともかく行ってみなければ。シャープさんにもいっしょに来てもらおう。時間の節約になるからな」

「時間の節約ですって？」

「そうさ、シオドア・ヴィカーズの墓を見つけるのにね」

のろのろと小道を進む警部とシャープのあとに、ツイスト博士もぴったり続いた。懐中電灯の光が、霧の銀幕に躍っている。三人は垣根の前まで来た。シャープは懐中電灯の光をゆっくりうえにむけ、鋭い鉄柵に挟まれたひびだらけの支柱を照らした。

「やれやれ！」ハーストは不平たらしくつぶやいた。「明け方の五時に、墓場で幽霊退治とはね……このぶんじゃ、退職までに何があるかわかったもんじゃない」

三人はどうにかこうにか垣根を通り抜けると、墓地の鉄柵をよじのぼった。霧のなかに立ち並ぶ墓碑を見て、ハーストは思わず身震いをした。

「さあ、こっちへ」とシャープは言った。「真ん中の通路を通りましょう。そのほうが行きやすい」

陰気で気味の悪い墓石の列に沿って、一行は恐る恐る歩き始めた。懐中電灯の光が動くにつれ、すぐ間近の墓石が青白く輝いた。

「まずいな。こんなに霧が深いと、道に迷いそうだ！」とロジャー・シャープは言って、並んで走る二本の通路を前にためらっている。懐中電灯で御影石の塊を照らしてみるけれど、刻まれた文字は長年の風雪にさらされて判読できない。彼はひとくさり悪態をつくと、じっとりとした夜気のなかをまた探し始めた。気乗り薄げな青白い曙光が、立ち込める霧をほのかに染めている。何か悪い夢でも見ているんじゃないか？ハースト警部は、よっぽど自分のほっぺたをつねろうかと思った。それほど何もかもが、目を眩ませる幻のようだった。霧がたなびく墓石の森で、ロジャー・シャープが死者たちのなかを探しまわっている。懐中電灯の光が動くたび、彼のまわりに不気味な影が射した。薄ぼんやりとした朝日のせいで、霧はいっそう濃く感じられた。ハースト警部は、もう不安を抑えきれなくなった。ハロルド・ヴィカーズの描く恐ろしい物語の数々が、頭のなかで渦巻いている。なかでも、死体を収めた地下納骨堂で終わる物語が、まざまざと思い起こされた。異様な雰囲気、開いた棺桶から立ちのぼる毒気、胸の悪くなる、すえたような悪臭の描写が真に迫るあまり、ハーストは読んだあとでトイレに駆け込み、美味しく食べたばかりの料理を戻してしまったくらいだ。

「ここだ！　着きましたよ。シオドア・ヴィカーズ、一八四八～一九二二」

　ハーストは、ロジャー・シャープが照らす墓石のやや斜めうしろにいた。ツイスト博士の瘠せた人影が、シャープの脇に浮かびあがる。

「間違いない！」と博士は叫んだ。「地面が新しく掘り返されているじゃないか！　花瓶もこなごなになって！」

　シオドア・ヴィカーズの墓をもっとよく調べようと、ツイスト博士とシャープは身を乗り出した。そのとき、ハーストはなぜかしら吐き気に襲われた。あたりに死者が埋葬されているせいで、こんな腐臭が漂っているのだろうか？

「ほら、墓のうえに土を被せただけですよ」とシャープはツイスト博士に説明した。

「そのようだな。犯人もずいぶんご苦労さんなことだ。幽霊を信じさせようとして！」

　白い息を吐きながら、墓のうえでせっせと動きまわる二人を、ハーストはじっと眺めていた。青白い光に照らされ、顔つきが歪んで見える。むかむかするような悪臭が、喉もとにこびりついて離れない。

「臭いませんか？　シャープさん」ツイスト博士は突然、不安にかられて言った。

　奇術師はあたりの臭いを嗅ぐと、驚いたように博士を見た。

「この臭いは、まるで……」

　ハーストは二人に近づこうとして得体の知れない障害物につまずき、湿った地面に倒れた。墓にむかって悪口雑言がぶちまけられる。シャープは立ちあがろうとする警部に近づき、墓石のうしろを照らした。ハーストがふり返ると、目の前に腐りかけた死体の顔があった。

「ハロルド・ヴィカーズだ！」警部は震えあがって叫んだ。

「いや、違う」そう言ってロジャー・シャープは死体に近づき、懐中電灯の光を顔にむけた。「よく似ていますが、ハロルドじゃありません。これは弟のスティーヴン、スティーヴン・ヴィカーズです。腐敗の様子と悪臭からして、死後数日はたってますね」

その刹那、ハーストは思った。おれは気が狂いかけている。彼は激昂のあまり、叫び出しそうになった。

「そのとおり」とツイスト博士も認めた。「ハロルド・ヴィカーズの肩を抱いて写真に写っていた男。つまり、弟のスティーヴンだ。ということは、土曜の晩に死んでいたのは、やはりハロルドのほうだったんだ」

博士はハーストに手を貸し立たせると、懐中電灯を拾って正面から顔を照らした。

「いいかね、ハースト君、よく聞くんだ。巧妙きわまる策略、ひねりにひねった手管なんて話はせんでくれよ。荒唐無稽な推理を弄するのはやめにしよう」

警部は言い返したくとも、言い返せる状態ではなかった。喉の奥が麻痺して声もでない。ツイスト博士は死体の身元を取り違えた事情をシャープにざっと説明し、それからこう結論づけた。

「あらゆる点から考えるに、ハロルド・ヴィカーズは事故で歯を二本折ってしまったのだろう。そこで家族がかかりつけの歯科医とは別の医者に診てもらったんだ。どうしてかって？　彼の性格を知っていれば、すぐにわかることさ。ハロルドは健康そのもので、特に虫歯が一本もないのが自慢の種だった。だから差し歯があるなんて認めたくなかった。耐えがたい挫折のように感じたんだろう。だから別の医者に行ったにすぎない。よく何日も家を空けることがあったから、誰にも気づかれずに差し歯を入れるのはわけなかった。もちろん、確認してみる必要はあるが、治療にあたった医者はすぐに見つかるはずだ」ツイスト博士は死体のズボンの裾をまくりあげて、両足を調べた。「傷痕はないな。ということは、もうひとつの死体はたしかにハロルド・ヴィカーズだ。気の毒だがね、ハースト君、例の傷痕に関するきみの推理は見事だが、間違いに変わりはない」

ハーストはひと言もなかった。湿った土で汚れたコートを、手の甲ではたいている。懐中電灯の光があたっていないので、顔の表情はわからない。形ばかり汚れをはたき終えると、警部はこう言った。

「まあいいでしょう。それじゃあ、今のところわかっていることは何か。ひとつ、犯人はスティーヴン・ヴィカーズがイギリスに着くなり殺害した。そして死体を、一時的に隠しておいた。ふたつ、犯人はハロルドを殺し、その死体がスティーヴンであるかのように見せかける算段をした。つまり事件はハロルドの策略だと、われわれに思わせようとした。ということでいいですね？　ツイストさん」

「たしかに」

「犯人の作戦は、疑惑を逸らすことにあった。ここまでは比較的明快です。ところが犯人の企みは、このあとわけがわからなくなる。新たな殺人を犯し、姿をあらわし、血の跡を残した……われわれをスティーヴン・ヴィカーズの死体に導くために！　そうなれば、必然的に最初の死体の身元もはっきりします。要するに、犯人の計画は元も子もなくなってしまうんです。

どうやら犯人は気が狂いつつある。そう思えてなりませんね」

「おそらく……」とツイスト博士は言った。「今夜の事件について、ちょっとばかし経過をふり返ってみよう。犯人はスティーヴンの死体を、ここにまず置いたのだろう。どこに隠してあったのかって？　それはまだわからない。次にヘンリエッタを殺して、被害者の血を染み込ませたシーツを引きちぎり、墓地に続く小道に運んだ。屋敷に引き返してヴァレリーさんを脅し、急いでかつらとシーツを脱ぐと姿を消す。すべては、われわれにスティーヴン・ヴィカーズの死体を見つけさせるための狂言だ。それなら、死体を玄関の前に置いておくだけでもよかったろうに！　そのほうがずっと簡単で、危険も少ない！　だからわたしも、犯人は完全に狂いかけているんじゃないかと思うんだ。幽霊に変装するなんて、どうも……」

皆、困惑しきっていた。数時間前、ヴィカーズ夫人と二人の娘のあいだで起こった激しい口論について、ロジャー・シャープは話し始めた。

「何だって！」とハーストが叫ぶ。「哀れなヘンリエッタは、祖父が戻ってくると予言していたって？」

「ええ、でもあの子だけではありません。デインも部屋に戻る前に、同じような脅迫を口にしていましたから」

「もっと詳しく話してくれませんか」とツイスト博士は考え込みながら言った。

奇術師は、ひととおり事情を説明した。

三人はさまざまな思いを胸に秘めながら、じっと黙っていた。ロジャー・シャープはすっかり打ちのめされ、神経を昂ぶらせたアーチボルド・ハーストは、小さな灰色の脳細胞をさかんに働かせている。ただひとり、ツイスト博士だけは泰然としていた。やがて博士の声が響いた。

「そして祖父は戻ってきて……ヘンリエッタを殺したのだ」

18　水が半分入って、窓の下に置かれたカップ

その月曜日の朝、ツイスト博士はロンドン警視庁へ赴き、ブリグズ警部のオフィスを訪ねた。

「いやはや！」とブリグズは握手しながら言った。「新聞をご覧になりましたか？　今やハロルド・ヴィカーズの作品は、飛ぶような売れ行きだそうですよ！　いやはや、〝老女殺し〟以来の大事件だ。今朝の殺人も言うに及ばずです」

「やれやれ！」とツイストはため息をついた。「ところでブリグズ君、例の件はもう調べて……」

ブリグズ警部の目がいたずらっぽく光った。

「ご推察のとおりでしたよ、ツイスト博士。今回も図星でした。たしかにあの男です。でも、どうしてわかったんで

す？」

「シャーロック・ホームズのおかげでね」

それだけ言うと、ツイスト博士は啞然としているブリグズを残して部屋をあとにした。

数秒後、博士がハーストのオフィスに行くと、警部はいっきにこうまくしたてた。

「お見事でした、ツイストさん。差し歯については、あなたの予想どおりです。治療をした歯科医も、うまいことすぐに見つかりました。ハロルドのことは、よく憶えていましたよ。高名な作家を患者に持ったのが、自慢だったようです。でもハロルド・ヴィカーズの態度には、不審がってましたね。〝念入りな治療〟をして欲しいとやけに強調していたし、絶対に他言しないでくれともたのんでいたそうです。お礼に自作をひと揃いくれたりして。

スティーヴンの死因は、短刀で背中をひと突きされたものです。死後約四日。ということは、先週の水曜日、イギリスに着いてすぐですね。船会社にも問い合わせて、確認を取ったところです」

ハーストはそこで顔を曇らせ、葉巻を灰皿に押しつけた。

「何か気になることでも？」と博士はたずねた。

「ただ気になっているんじゃありません。確証があるんです。今朝、わたしの部下が屋敷をくまなく捜索したところ、こんなものが見つかったんです」警部は大きな封筒の口を開いて、中味を机のうえに出した。先の細長いペンチ、もう少し大きめのペンチ、太い針金、先の曲がった鉄の軸棒、ドライバー、未加工の鍵。「ちょっとした鍵屋の七つ道具ですよ。もちろん、指紋はついていません……」

「どこにあったんだね？」

ハーストは重々しくうなずくと、こう答えた。

「デイン・ヴィカーズ夫人のマットレスとスプリング台のあいだです。夫人とはまだ話していません。医者の命令で、今はまだ面会謝絶なんです。娘のヘンリエッタが殺されたのを知って、ヒステリーの発作を起こしましてね。まだありますす。犯人が幽霊のふりをするのに使ったかつらから、ブロンドの髪が二本見つかりました。ちょうどヴィカーズ夫人の髪とそっくりの、灰色がかった薄いブロンドの髪が」

そのとき、憔悴しきった顔のサイモンが部屋に入ってきて、ツイスト博士に挨拶をした。「それで？」とハーストがたずねる。

部長刑事はうつむいた。

「錠を調べた結果、ぼくの予想どおりでした。すっかり一杯食わされましたよ……」

ハーストは口を開きかけたが、ツイスト博士に先を越された。

「水の入ったカップと手袋の意味はわかったのかね？」

「いいえ、それはまだですが……」ハーストはぶつぶつと言った。

「では、チャールズ・フィールダー殺しに関する報告は？」とツイスト博士はたずねた。鼻眼鏡の奥で、目がきらきらと輝いている。

「いいえ、でも……」

「だったら、シオドア・ヴィカーズの心臓発作との相関関係は？」

サイモンは感嘆するような目で名探偵を眺めた。

「博士はそれらすべてを説明できるんですか？」

「多少だがね。けれども、すべてを明らかにしてくれる人物なら知っているさ」

「誰なんです？」と警部の大声が轟いた。

「ヴィカーズ家の隣人、コリン・ハバード医師だよ」

ほどなく三人は、セント・リチャーズ・ウッドにむかった。道は混んでいて、車道にも人がひしめき合っている。ハンドルを握るハーストは、車や人が邪魔になってブレーキを踏むたびにじろりと睨みつけたが、何も言わなかった。

「ここでちょっと止めてくれ」とツイスト博士が言った。「すぐに戻るから」

警部が車を止めると、ツイストは急いで外に出て、本屋に駆け込んだ。そのうしろ姿を、ハーストとサイモンはびっくりして眺めていた。二人がじりじりしながら待っていると、ツイスト博士が包みを小脇に抱え、笑顔で帰ってきた。

「何ですか、それは？」博士が席につくと、ハーストはたずねた。

「ハバード先生におみやげさ。もうすぐ食事時だというのに、手ぶらで行くわけにもいかないからね。そんなに目を剝きなさんな、ハースト君。さあ、車を出して」

ハバード医師の家に着いたのは、午前十一時三十分ごろだった。昨日と同じいい天気だが、少し涼しくなっていた。

コリン・ハバードはドアを開けると顔をしかめた。何やら出迎えの文句を言っているが、とぎれとぎれでうまく聞き取れない。

「つまらない物ですが、どうぞこれを」とツイスト博士が優しい声で言った。「豪華本がお好きなようですから、お気に召すと思いますよ」

ハバードはびっくりした様子だった。差し出された包みを受け取り、しきりに礼を言っている。

そして三人を居間に通し、飲み物を出した。

「実に恐ろしい事件です」ハバードは丁寧に包みを開けながら、震え声で言った。「いったい誰が、あんな酷いことをしたんですか？　正気を失った哀れな娘に、恨みを持った人間がいるんでしょうか？　狂ってますよ。狂人です。ほかに説明のしようが……」包みから出てきた本を見て、ハバードは言葉を切った。「おや、『黄色い部屋の秘密』ですか」と彼は大声で題名を読んだ。「作者は……ガストン・ルルー」

「そう、ガストン・ルルーです」とツイスト博士は、鼻眼鏡の奥からハーストの顔をうかがいながら繰り返した。

「ガストン・ルルーであって、コナン・ドイルではありません。あの驚くべき謎、それにもっともすぐれた謎のひとつを解決したのも、シャーロック・ホームズではなくルウルタビイユです。ミステリの愛好家なら、誰でも知っていることですよ……」そこでツイストは警部をふり返った。

「そうだろ？」

「もちろんです。もちろんですとも」とハーストは屈辱的な気分でつぶやいた。「だからって、大した違いはないでしょう。コナン・ドイルだろうが、ガストン・ルルーだろうが……小説で大事なのは筋立てであって、作者じゃありませんよ」

ツイスト博士の目がまたハバードのほうにむいた。引退した医師は両手で頭を抱えている。

「わたしを罠にかけたんですね」とハバードはうめくように言った。

「罠だなんて大袈裟な。ちょっと確かめたかっただけですよ。いいですか、ハバード先生、ミステリ愛好家っていうのはみんな、好みの作品を誇らしげに書架に飾っているんです」博士は棚にきちんと並んだ本を指さした。「ところが、ここには一冊もない！　だからあなたはミステリ・ファンじゃないと考えたんです。もちろん、コナン・ドイル卿や彼が創りだした登場人物、かのシャーロック・ホームズについて、多少の知識はあるでしょう……でも、それくらいのことなら、知らない人はいません！　つまり、あなたとハロルド・ヴィカーズが交わした会話の話題は、ミステリであるはずないんです。それじゃあ、いったい何だったんですか、先生……故チャールズ・フィールダーの娘婿、ジェイムズ・メリロー先生！」

サイモンとハーストは、肘掛け椅子にすわったままびくりと体を震わせた。ハバード医師もすわったままうなだれている。

「それじゃあ……すべてわかっていたんですね」

「おおよそのところはね」

「あれは悪夢でした。まさしく悪夢だったんです……あの事件は、死ぬまでわたしにつきまとってくるんでしょう！　こんなこと言っても、信じてもらえないでしょうが、義父を殺したのはわたしではありません。誓って、違うんです。もちろん、ヴィカーズさんだって殺してはいません……嘘だと思われるかもしれませんが」

「そうは言ってませんよ」とツイスト博士は静かに言って、パイプに葉を詰めた。「わたしの推理をこれからお話ししますから、間違っていたら言ってください。

数週間前、ハロルド・ヴィカーズがここに訪ねてきました。特に用事はありませんでした。ただ誰かと話をしたかっただけでしょう。陰気な晩でしたが、一杯、二杯とグラスを重ねるうちに舌もほぐれてきました。やがてハロルド・ヴィカーズは、ヘンリエッタの誕生日の晩のことを話し始めました。激しい口論の末、父親は発作を起こして料理のうえに倒れ込んでしまったと。この話を聞いて、あなたのショックはいかばかりだったことか。おかげで義父の死に関するつらい記憶が、呼び覚まされてしまいました。あなたは隣人の打ち明け話に同情し、耳を傾けました。おそらくハロルドは、父親の死に責任を感じていたのでしょう。それから今度は、あなたがあの恐ろしい事件について話しました。誕生日の夕食会に起きた出来事は、あなたの人生をめちゃくちゃにしてしまったあの事件を思い起こさせるものだったのです」

ハバード医師は、ひどく興奮したような手つきでグラスを空けた。

「チャールズ・フィールダーか」ハバードは恨みのこもった声で苦々しげに話し始めた。「彼とはエクスター病院でいっしょに働いていました。当時はまだ、わたしは駆け出しの外科医でした。治療上の問題について、わたしたちは活発に議論するようになりました。彼は古い流儀の人間で、わたしのやり方を頭から軽蔑していたんです。やがてわたしは、フィールダーの娘ローズマリーと知り合いました……数カ月後、わたしたちが結婚したいと言ったときの顔といったらありませんでしたよ。結婚式には参列したものの、ひとことも口をききませんでしたね。でも、わたしに対する敵意は時とともに薄れ、孫が生まれると告げたときには、大喜びしてくれました。ところが……」

老人は涙で目を曇らせながら、タンスのうえに飾った妻の写真を取りに行った。

「ローズマリーは美しくて、優しくて、バラの花が大好きで……わたしたちはとても幸せでした……ほら、このタピストリー……妻が最後に作ったものですが、未完成のままになってしまいました」

ハバードは妻の写真をもとに戻した。それからグラスにウイスキーをなみなみと注ぎ、ひと息に空けて、肘掛け椅子にすわり込んだ。

「予定日の一ヵ月前に、妻は産気づいてしまいました。凍るような冬の晩です。わたしが取りあげたのですが、赤ん坊はうまく生まれませんでした。結局、母親も子どもも助けてあげることができなかったのです。でも神に誓って、当時はあれが精いっぱいだったんです。

苦しみに打ちひしがれているわたしを、義父は責めたてました。一人娘と孫をみすみす死なせた能無しだと言って。はっきり、人殺しだとさえ言いました。

お互い言葉も交わさず、何年かがすぎました。ですから、一九〇七年のある秋の日、義父から手紙が届いたときは、とてもびっくりしたものです。手紙には、自分の死期が近いこと——それは事実だと、わたしも知っていました——悲しみのあまりわけがわからなくなって、わたしにした仕打ちを悔いていること、心安らかに旅立ちたいので、和解の夕食をいっしょにとれたら嬉しいとの旨が書かれていました。彼は誠意の印として、わたしを唯一の相続人にするとも言っていました。

ロイヤル・レストランに行った晩は雨が降っていました。でもそのおかげで、わたしは絞首刑を免れたのです。レインコートを着て帽子を被っていたので、義父が予約した奥の個室に入ったとき、誰にも顔を見られずにすんだからです。料理の仕度はできていました。チャールズ・フィールダーは、コートを脱ぐように言いました。そしておかしなことに、わたしの手袋を取りあげて、自分の食器の脇に置いたのです。でもそのときは、大して気にも留めませんでした。それから彼は食前酒を注ぎ、二人で仲直りの乾杯をしました。テーブルにつくと、彼は奇妙な笑みを浮かべてこう言いました。〝さらばだ、ジェイムズ・メリロー〟と。びっくりして見ていると、義父はわたしの手袋を片方つかんで——もう片方は床に落ちました——手をポケットに入れ、拳銃を取り出したのです。てっきり撃たれるものと思い、わたしは脇に飛び退きました。けれども彼は、わたしの手袋を巻いてそっと握った銃を、自分のこめかみにあてました。恐ろしい銃声が鳴り響き、彼はテーブルのうえに倒れ込みました。銃は頭の脇に落ち、手袋は反対側の床に落ちました。

一瞬のうちにすべてを悟りました。わたしを唯一の相続人に指定した遺言状と、他殺に見せかけたこの自殺の意味を。義父はわたしを破滅させるために、罠を仕掛けたのです！　わたしはすぐさまドアに飛んで行き、指紋がつかないように注意しながら鍵をかけました。それから身支度をして、窓のところへ急ぎました。どんどんとドアを叩く音が聞こえてきます。窓から出ようとしたそのとき、食前酒のグラスのことを思い出しました。あそこに指紋がついています！　ついでに言っておけば、このグラスはちょっと変わった形をしていたので、のちに新聞ではカップと呼ばれていました。わたしは戻ってテーブルナプキンを水差しの水で濡らし、グラスをつかみました。大慌てでしたが、手つきはしっかりしてました。ノックの音はますます激しくなります。窓の前に行き、ナプキンでグラスを拭いていると、ドアがめりめりと音を立て始めました。わたしはもう、窓から逃げ出すしかありませんでした。

グラスの外側しか拭き終っていなかったので、たれた水がまだ底のあたりに残っていました。けれども新聞にあるように、せいぜい半分くらいです。ともかく、ナプキンに載せて窓の下に置かれたグラスのことは、ずいぶんと警察を悩ませたようでした。

そのあとのことは幸運でした。レストランの従業員には、はっきり顔を見られておらず、社会的地位のある友人にすべてを打ち明けたところ、事件のときにはわたしといっしょにいたと言って、アリバイを証言してくれました。手袋を忘れてきたのは大失敗でしたが、そこでもわたしはついていて、結局追いつめられずにすみました。けれども、みんなはわたしのことを義父殺しの犯人と思い込んでいます。疫病神のように忌み嫌われ、うしろ指をさされ、地獄のような生活でした。オックスフォードに引っ越しましたが、悪評はついてまわります。そこでわたしは、ジェイムズ・メリローからコリン・ハバードと名前を変え、ロンドンに落ち着きました。

あのころ、わたしがどんな毎日を送っていたか、体験したものでなければ想像つかないでしょうね……無実の罪で、まわりの人たちみんなから疑われているんです。本当のことを警察や新聞社に訴え出ようかと思ったこともあります。でも、信じてもらえるでしょうか？ とうてい無理だろうとあきらめ、黙っていることにしました」

「そうですな」とハーストはしぶしぶ認めた。「黙っていたのは賢明でしたよ。アリバイがなくなって、あなたにのしかかる重圧はいっそう耐えがたいものになったでしょうからね。いやはや、それにしても、水の入ったグラスの意味について、どうして気づかなかったんだろう！ 言われてみれば、何もかも実に単純なことなのに」

「思うに」とツイスト博士が口を挟んだ。「ハロルドさんはあなたの話に、とても興味を持ったのでは？」

「ええ、まだ話し終えないうちから、これは小説のすばらしい題材になると断言しました。もちろんわたしは大反対したのですが、結局は説き伏せられてしまいました。事件の派手派手しい面だけを利用して、部屋は内側から鍵がかかっていたことにするからと。それからはしょっちゅう訪ねてきて、何度も話を繰り返させられました。そうやって、インスピレーションを掻き立てるのだと言ってました。ハロルドさんがどんなふうに殺されたか知ったとき、どれほど震えあがったかご想像がつくでしょう。忌まわしい夕食会の悲劇が、呪いのように肌に貼りついているのです。もし警察に過去を知られたら、きっとまた最有力容疑者にされてしまいます」

「信じられんな」とハーストは首を振りながら言った。「チャールズ・フィールダーの事件については、これですべて明らかになった」

しばらく沈黙が続いたあと、ツイスト博士がたずねた。

「ところでハバード先生、わたしに渡す本があるのでは？ 赤い表紙のついた、とても薄い原稿のような……」

老人はうなずいて居間を出ると、すぐに赤いノートを持って戻ってきた。

「ハロルド・ヴィカーズのメモ帖だ」とハーストが叫ぶ。

「ええ、ここに忘れていったんです」

三人はじっくりと中身を調べた。

「すでにわかっていることしか書かれていないじゃないか！」しばらくして、ハーストが悔しそうに言った。「犯人の摩訶不思議な消失について、何も説明していない！」

「残念ながら、このままわからずじまいになってしまうかもしれないな」とツイスト博士は言った。「少なくとも、ハロルド・ヴィカーズが小説のために考えていた謎は。おや！ ほらこれ！ 別の作品についても、メモがある。毒を塗った鉄条網、牛の角、オーストラリア……」

「それで去年、弟を訪ねたりしたんだ」とサイモンがおかしそうに言った。「小説の構想を練るために行ったんです！」

「そのようだな」とツイストはうなずいた。「うかつだったよ！ どうしてもっと早く思いつかなかったんだろう！」

19　鴨が一役買う

三人はハバード医師の家をあとにした。警察は少しも彼を疑っていない、犯人は近いうちに捕まると、しっかり言い残して。セント・ジェイムズズ・パークの池のほとりで、ゆっくり事件の検討をしようということで、三人の意見は一致した。サンドウィッチを用意して（ツイスト博士はひとりで五つも買った！）、およそ二十四時間前にすわったのと同じベンチに陣取る。

「やっぱり気になりますよ」とハースト警部は、作家のノートを読み返してうめき声をあげた。「ハロルドは手袋と水の入ったコップについて、作品のなかでどう意味づけしようとしていたのか、永久にわからないなんて。それに密室の謎についても、どんな説明を考えていたのやら」

「まあまあ！　この最後の秘密は、作者本人に残しておいてあげようじゃないか」とツイスト博士は言った。「ただ重要なのは、おそらく犯人もそれを知らなかったということだ。言いかえれば、犯人はわれわれを惑わすためだけに、小説の場面を借用したわけだ。窓の前に置かれたコップの水について、さんざん頭を悩ましたというのに……」

「そう落ち込まないで、博士。あなただけじゃないんですから。そうそう、忘れるところでした。今朝、ヴィカーズ夫人の友だちのロビンスン夫人にたずねてみたんですが、本人も息子もヴィカーズ夫人に電話をしていないっていうんです。金曜はもちろん、ほかの曜日にも。ところでカニンガム、夫人がどうやって外側から差し錠をかけたのか、まだ聞いてなかったが……」

サイモンは深いため息をついて、眼鏡をはずした。

「もっと早くトリックに気づくべきでしたよ……差し錠は外からかけたんじゃありません。もっと単純で巧妙な手を使ったんです。そもそも、夫人の父親は錠前職人でしたよね」

「そんなことはわかっとる」上司は顔をしかめた。「それに夫人が女優だったことも、母親が精神病院で亡くなったこともな。どちらも重要な点だ。それはともかく、先を続けたまえ」

「つまりこういうことです。差し錠はあらかじめ金曜日に壊されていました。もちろん、屋敷に誰も人がいなくなったときにです。まず差し錠をかけ、ドアの隙間にボール紙を入れて、ノブと連動した錠のラッチボルトを効かなくしておきます。そのあといったん窓から外へ出て、玄関にまわってホールに入ります。そこでドアを突き破れば、差し錠だけが壊れるというわけです」

「だが……」

「次にドアから錠前を外し、分解してなかに仕掛けを施します。それからもとに戻し、外したのを隠すためにニスの上塗りをしたのです。夫は前もって殺してあったのでしょう。けれども、料理の準備はハロルドも手伝ったので、食器に指紋がついていたのです。夫人のほうは手袋をしていましたが。彼女は書斎を出て、ドアに鍵をかけました。差し錠のほうは、すでに壊れています。土曜の晩に移りましょう。ロースト・チキンや煮立った油など、細かな演出の仕上げをすると、ぼくが到着する直前の九時十分前ごろ、書斎を出ました。そこで仕掛けを作動させます。誰かがドアを確かめても――状況から言って、そうするに決まってます――鍵がかかっていないように見せかける仕掛けなんです。確かめたのは、ぼく自身なんですから！　鍵を時計まわりに二度、反対まわりに二度まわしてみました……そして、てっきり鍵はかかっていないものと思ってしまったんです……本当は、しっかりかかっていたのに。

どんな仕組みになっているのか、まだはっきりは解明できていませんが、ありえないことではありません。錠前の奥から見つかった小さな金属片によって、鍵と連動したデッドボルトの刻みが働かなくなり、差し込んだ鍵が空まわりしてしまうのでしょう。もちろん、危険性はあります。

仕掛けに気づかれてしまうかもしれませんから。でも、あんなあわてている状況なら……

それに、よく憶えていますが、鍵を探そうと言ったとき、夫人はこう言ったんです。夫はいつも差し錠をかけているので、無駄だろうと。それでも、一応ぼくが鍵を試してみました……そうそう、思い出しましたよ！　鍵をまわしたとき、何か妙な感じはしたんですが……まさか、こんなことは思いませんからね……だからぼくたちは、差し錠ではなく鍵のかかったドアを打ち破ったわけです」

「だが、われわれがドアを調べたとき、デッドボルトは出ていなかったぞ」と警部が反論する。

「ええ、そのとおりです。でも、ひとつお忘れですよ。あのとき、ヴィカーズ夫人はよろけて、ノブのあたりにつかまったんです。親指でひと押しすれば、デッドボルトはもとに戻り、それで手品は完成です。あのときはまだ、誰も錠前を調べませんでした。おそらく、親指で押した拍子に、金属片が錠前の奥に落っこちたのでしょう」

「いやはや、何とも！　実に大胆不敵な企みだ！」

「巧妙きわまりない」とツイスト博士も、サンドウィッチをぱくつきながら言った。

そのとき、鴨の親子が水面《みなも》を泳いでいるのが見えた。親鴨はちらちらと周囲を見まわし、突然三人のほうに目を留めた。そして直角に曲がると、水からあがって芝生の土手をのぼり、子鴨を従えて近よってくる。傍まで来ると用心深げに立ち止まり、ベンチをぐるりとまわってツイストの隣に身を落ち着けた。気をよくした博士は、さっそくサンドウィッチを少し分け与えた。こんな椀飯《おうばん》振舞に、得意満面な様子だった。

ハーストは天を仰ぎ、ぶつぶつと話し始めた。

「では、もう一度整理してみましょうか。デイン・ヴィカーズ夫人には、夫の死を願う理由が多々あった。選ぶのに苦労するほどです。彼女の計画はこうでした。当然自分にかかってくる疑惑を逸らすため、夫が考えそうな演出を凝らし、死体は弟のスティーヴンに見せかけた。この点については、これ以上説明はいらないでしょう。すでに細かく検討済みですから。夫人はスティーヴンの元恋人ですから、難なく彼をイギリスに呼び寄せ、着いたとたん殺害したのです」

「だが、よくわからないのは、彼女が今日の夜中にとった行動だ」とツイスト博士は、鴨を見つめたまま言った。鴨の旺盛な食欲に感嘆しているらしい。「娘を殺し、もうひとりの娘を脅し、スティーヴンの死体を義父の墓に運んだ。死体が見つかれば、彼女には不利なだけなのに」

「憶えていますよね、ツイストさん、夫人と二人の娘のあいだに、激しい口論があったと、ロジャー・シャープが言ってました。夫人はまともな状態じゃなかったんです。床につく前に、二人を脅すような言葉さえ口にしています。前にも言ったじゃないですか。犯人は理性を失いかけているんです。たしかに、やけに頭が働くときもあるようですがね。睡眠薬を飲んだと、みんなに思わせてますから。あんまり出来のいいアリバイじゃないですけど。

それに夫人はもと女優で、芝居がかったことが好きだったんです。ヘンリエッタは祖父が戻ってくると思っているのね？　いいわ、それなら祖父が戻ってきて、新たな殺人をしたことにして……と考えたんです。狂っているんですよ、完全に狂っている……ヘンリエッタが殺されているのを見つけた直前に、夫人がベッドにいるのを確認しましたよね。つまりそれまでに、部屋に戻る時間が充分あったんです。ともかく、動かしがたい証拠もあることですし。かつらについていた二本の金髪と、マットレスの下に隠してあった錠前用の工具です」

「それじゃあ弟の死体は、その間どこに隠してあったんだろう？」とツイスト博士はたずねた。「死体の状態を見ただろう？　ひどい悪臭がして、近くの人に気づかれないはずがない。少なくとも、それだけは確かだ」

「隠し場所なんて、いくらでもありますよ。ええ、いくらでもありますとも！」

博士は鴨に餌を与えようとして、ベンチのうえにトマトの切れ端を落としてしまい、あわてて拾って口に入れた。ベンチに滴り落ちた汁を、苛立ったような手つきで拭う。

「たしかに、きみの言うとおりなんだろうが。でも、夫人がひとりでやったことなんだろうか……」

「共犯者ですか?」とハーストは眉をひそめて言った。

「もちろん、いたでしょうよ。だからといって、大した違いはありませんよ。さあ、カニンガム。あとひと仕事だ」

そんな言葉は耳に入らないかのように、ツイスト博士は茫然としていた。顔には激しい動揺があらわれている。警部はもう立ち上がっていたけれど、サイモンは博士の驚きに気づいた。

「どうかしたんですか? ツイスト博士」

「今回は、警察も鴨に感謝せんとな!」

20 ツイスト博士、関係者を集める

「フレッド・スプリンガーじゃないか!」とサイモンは叫んだ。〈ブリタニア亭〉の人込みをかき分け、精力的な新聞記者が近づいてくる。

「やあ、カニンガム。最近は、もっぱらウイスキーが頭の潤滑油らしいな」スプリンガーはそう言って、部長刑事のテーブルについた。

サイモンはグラスを見つめながらため息をついた。

「あんな事件があったんじゃあ……それはそうと、おめでとう、きみの記事は大評判だ」その声には、非難がましい皮肉な調子があった。「殺人の奇怪な側面をことさら強調して。実にうまいもんだ。ほとんど小説と言っていい。もう本屋には、ヴィカーズの作品が一冊も残っていないらし

いし」

スプリンガーは肩をすくめ、バーテンに合図をした。タバコをサイモンに勧めながらこう切り出す。

「昨晩の殺人について、何か教えてくれないかな？」

サイモンは箱からタバコを一本抜き取り、礼を言って火をつけた。スプリンガーにむかって、ふうっと煙を吐き出す。

「すべてご存知みたいだけどね。犯人が老人に変装していたこと。スティーヴン・ヴィカーズの死体が、シオドア・ヴィカーズの墓の脇で見つかったこと。殺人そのものの詳細も、すべて……」

「警察は何か証拠をつかんで、結論を出していると思うんだが」と新聞記者は、手で煙をはたきながら食い下がった。

「今はまだ、教えるわけにはいかないんだ」サイモンはそうきっぱりと言った。「解決は間近だとだけ言っておくよ」

「まあ、容疑者の範囲は限られているからね」とスプリンガーは皮肉っぽく言った。「ヴァレリー嬢、母親、それに……奇術師だ。まあしかたないな、教えてくれないつもりなら」しばしの沈黙があった。「ところで、ヴィカーズ夫人の具合はどうだい？ ずいぶん悪いのか？」

「そうなんだ。入院中だが、容体は楽観を許さない。神経が……」

「無理もないな。最初は夫、次には娘が……お気の毒なことだ……ヴァレリーさんだって！」サイモンはウイスキーをひと口飲み、新聞記者の目を避けながら言った。

「彼女は何とか元気にしてるよ。さっき病院で会ったところさ。母親の傍を離れようとしないんだ」

たしかにサイモンは、婚約者のことをとても心配していた。姉が殺されたことで、完全に打ちのめされている。サイモンは、彼女の大きな青い目が涙に濡れるのを見た。

「サイモン……恐ろしいわ……誰があんなことを？ かわいそうに、お母さんはすっかり取り乱しているし……サイモン、あの怪物を捕まえなくては……」

病院の廊下でサイモンはヴァレリーを抱きしめ、「そうだね」と言った。お母さんを逮捕すると警察に言われたら、彼女はどうなるだろう？　そんな恐ろしいことは考えまいとした。ここ数日間、ヴァレリーもやっとのことで持ちこたえているんだ。本当に、彼女はどうなるだろう？　もし姉や祖母と同じように、気が狂ってしまったら？　サイモンは背筋がぞくりとした。

スプリンガーはバーテンが持ってきたビールを飲むと、「それじゃあ」と言って立ちあがった。

「悪いね、フレッド。警察の結論を教えたら、まずいことになるんだ。でも時期がきたら、必ず真っ先に知らせるから」

「あてにしているよ」とスプリンガーは、作り笑いを浮かべて言った。

新聞記者が立ち去るのとほとんど同時に、上司のでっぷりとした姿が見えた。

「カニンガム、ずいぶん捜したぞ！」そう言ってハーストは、スプリンガーが立ったばかりの椅子にどすんと腰をおろした。「フレッドのやつ、何だかむっとしていたな。そこですれ違ったんだが」

「捜査の状況について、ぼくから聞き出そうとしてたんです。こっちは黙《だんま》りを決め込みましたけど」

「いや、どうせすぐにわかるんだ。今夜の集まりに来るよう言っておいたから」

「集まりといいますと？」

「そうなんだよ、カニンガム、それできみを捜していたんだ。ツイスト博士が今夜みんなに集まって欲しいと言ってね、警視庁で午後八時三十分に。ロジャー・シャープにも出席をたのみたいので、きみから伝えてもらうのがいいだろうと博士は言うんだ。正式な呼び出しだと思われないようにね。わかるだろ、この意味。警戒されると困るからな」

「ロジャー・シャープですか！」とサイモンは叫んだ。

「それでは、彼が黒幕だったとお考えで？」

ハーストはうんざりしたように肩をすくめた。

「わたしくらい付き合いが長ければ、きみにもわかると思うんだが、博士はわざと謎めかすのが大好きでね。何にも教えてくれないんだよ、悔しいことに……」

サイモンは腕時計を見た。

「五時半か。それじゃあ、シャープさんに知らせにいきます。でも……信じられないな」

21 追いつめる

その晩、八時三十分きっかり、アーチボルド・ハースト警部の部屋には張り詰めた雰囲気が満ちていた。灯っている明りはといえば電気スタンドだけ。その前に漂うタバコの煙が、ロジャー・シャープのほうへとたなびいていく。シャープは机の正面に置いた椅子に、無造作に腰かけていた。洒落た明るい色のスーツを着て、これ見よがしにくつろいでみせている。ハーストは自分の席をツイスト博士に譲り、その隣にすわっていた。二人の警官がドアの両側に立ち、サイモンとフレッド・スプリンガーは部屋のあっち側とこっち側に腰かけていた。

「シャープさん」とツイスト博士は馬鹿丁寧な口調で話し始めた。「これが何だかわかりますか？」

博士の振りかざす品が、奇術師にはすぐにわかった。

「ハロルドのノートじゃないですか！　どこにあったんです？」

ツイスト博士は手に取って見るようにと合図をした。ロジャー・シャープはノートを受け取ると、ぺらぺらとめくってこう叫んだ。

「これじゃあ、すでに知っていることばかりだ！」

「そのとおり。まずはこの事件の、そもそもの始まりから説明しましょう。いえ、もっと正確に言うならば、ハロルド・ヴィカーズが何からあの小説の着想を得たかです」

ツイスト博士は、今朝コリン・ハバードから聞いた内容を語った。博士が話し終えると、シャープは高笑いをした。

「水の半分入った小さなカップか！　こうしてみると、実に単純な謎解きだ！　でもハロルドは小説のなかで、どう説明をつけるつもりだったんでしょうね？」

「それはハロルドさんが、墓のなかに持っていってしまいました。もう、永久にわからないでしょう」

「要するに」シャープは指を顎にあてて考え込んだ。「犯人はハロルドの小説そのままに演じただけだったんですか？　謎解きのことなど何も気にせずに？」

「そういうことです。ただ、密室の書斎から抜け出す方法は考えつきましたけどね。それだけでも大したものです。ここらで友人のハースト警部にバトンタッチして、われわれの出した結論をお話ししましょう」

前置きに小さな咳をひとつしたあと、ハーストはひととおりの説明をした。明快にして正確な話しぶりで、ヴィカーズ夫人の企みが直截に明かされた。最後に警部は夫人の有罪を裏づける決定的な証拠を示して、話をしめくくった。

奇術師は黙ってゆっくりとタバコに火をつけた。長い沈黙が続く。

「やけに冷静じゃないですか？」とハーストが言った。「妹さんが夫と義弟と娘を殺したというのに」

答える代わりに、シャープはふっとわずかに煙を吐いた。

「ただここで」とツイスト博士は言って、鼻眼鏡の奥で探るように目を細めた。「いくつか考えるべき点があるんです。どうして妹さんは、友人のロビンスン夫人の息子さんから電話があり、オックスフォード・ストリートで待ち合わせをしたなどと言ったんでしょう？　アリバイ工作にしては稚拙で、まったく無意味なものです。あとで警察がロビンスンさんに確かめることぐらい、わからないはずありませんからね。実際、この嘘は信じがたいほど愚かで、しかも彼女には決定的に不利な証拠です。

第二に、マットレスの下から見つかった道具には、指紋がまったくついていなかった点があります。そんな場所に置いておくほうがよほど疑惑を招くというのに、どうしてわざわざ指紋を拭ったりしたんでしょうか？　そのあいだに、もっといい隠し場所を探したほうがいいでしょうに。

第三は、さらにはっきりとした疑問点です。まあ、お聞きください。先ほどハースト君がお話ししたように、犯人が使ったかつらから二本の金髪が見つかりました。妹さんの髪である可能性が大です。そこでわたしは、顕微鏡で検査しようと考えました。実に適切な判断だったと、あなたもお思いになるでしょうな。するとこの髪の毛は、頭から自然に抜け落ちたのではなく、何かの器具で切り取ったものだと判明したんです。おそらくハサミのような器具で！

つまりですね、シャープさん、何者かがわざとかつらにくっつけておいたのだと、きっぱり証明されたんです！

電話の謎、マットレスの下に隠してあった道具、かつらについていた髪の毛……明らかに犯人は、妹さんに罪をなすりつけようとしたんです。あなたもそうお思いになりますよね、シャープさん？」

「そのようですね」

思いがけない奇術師の態度に、サイモンは驚いた。おそらく怒りからだろう、たしかに目は奇妙な光を帯びているが、おどおどしたり逆上したような様子はなく、完全に自制心を保っている。

「ですからここで、そもそもの初めからこの事件を見なおしてみましょう」とツイスト博士は言った。「動機は明らかです。犯人はハロルド・ヴィカーズの財産が目当てでした。そのついでに、同じくらい莫大とおぼしき弟スティーヴンの財産も狙ったのです。多くの点から見て、犯人の計画は恐ろしく綿密なものでした。ハロルド・ヴィカーズの作品を模した忌まわしい夕食の演出は、それが作家自身の企みであるかのように思わせることが目的でした。ハロルドは弟の死体を使って、自分が殺されたように見せかけたのだと。スティーヴンが行方不明になっていれば、みんなますますそう信じ込みます。けれども、死体が間違いなくハロルド・ヴィカーズのものだと判明したら——いずれ、必ずそうなるはずですから——嫌疑はもっとも怪しいと思われる人物にむけられるでしょう。つまり、ヴィカーズ夫人に。ざっとまあ、こんな計画ですが、ここには犯人にとって多くの利点があります。いちばん主要な遺産相続者は逮捕され、その恩恵に与れなくなってしまうのですから。それに奇怪な殺人事件によってハロルド・ヴィカーズへの関心が高まり、これからも多大な利益が見込まれます。

次に犯人の具体的な手口について見てみましょう。策略の実行には、ハロルド・ヴィカーズ自身の手を借りたものと考えられます。悪ふざけとか悪戯とかを口実にすれば、ハロルドもすぐに乗ってきたに違いありません。彼はそういうことが大好きですから。つまり弟のスティーヴンを呼びよせたのは、ハロルド・ヴィカーズだったのです。犯人は自分が港に迎えに行くと申し出て、スティーヴンを殺しました。それからハロルドのところに戻って、弟さんは来ませんでしたとかなんとか言ったんでしょう。それが水曜日のことです。計画が順調に進まなければ、犯人（Xと呼んでおきましょう）はこの時点でやめておくこともできました。スティーヴンの遺産は、それだけでもかなりになりますから。金曜日になり、あいかわらずXに操られているハロルド・ヴィカーズは、午後から屋敷内が無人になるよう手はずを整えました。犯人Xはロビンスン夫人の息子のふりをしてヴィカーズ夫人に電話をかけ、待ち合わせの約束をしました。そうすれば、夫人のアリバイがなくなるだろうからです。Xは二通の招待状を投函して、屋敷に戻りました。そしてハロルドといっしょに、演出の仕度を始めたのです。犯人が持ってきたのは、アルコール焜炉と鍋を二つ三つだけ。準備が完了すると（完了と言っても、いくつかの料理はあとから調えますが）、犯人はハロルドの拳銃で彼を殺しました。

今度は、土曜の晩に移りましょう。Xが何時に書斎に入ったのか、正確なところはわかりませんが、演出の仕上げをするのに四十五分以上かかるとは思われません。だとすれば、午後八時前後でしょう。もちろん犯人は、玄関の鍵を持っていました。すでに調理済みの食べ物を持って、玄関からそっと忍び込んだんです。書斎に入って暖炉に火を起こし、簡単な料理に取りかかりました。野菜やチキンを温めたり、そのほか二、三の細かな献立を調えたりです。それから熱した油で、死体の顔と手を丹念に焼きました。ついでに言えば、このとき家族はハロルドが書斎で仕事をしているのだと思っていました。ですから、物音がしても怪しまれません。犯人がチキンを盛った皿をアルコールで燃やしたのは、九時二十分前ごろでしょう。こうすれば、犯罪現場の演出効果が一段と増します。実はほかにも理由があったのですが、それについてはあとで説明します。犯人は鍋を持って書斎を立ち去ります。どうやって差し錠を外からかけることができたのか、その点についてもあとまわしにしましょう。

日曜の晩から月曜の明け方にかけての事件に、話を移しましょう。ここで犯人が企んだのは、第一にヴィカーズ夫人を決定的に陥れることでした。夫人は睡眠薬をたっぷり飲んで床に就いた、つまりアリバイがないことを犯人は知っていました。夫人の精神状態がおかしくなっていることも知っていました。そこで犯人は、事件に狂気の色づけをしたのです。夫人は二人の娘に、祖父が戻ってくると脅しめいた言葉を言っていました。それを知っていた犯人は、祖父のシオドアに化けることにしたのです。スティーヴン・ヴィカーズの死体をシオドアの墓に置き、ヘンリエッタさんを殺害しました。それが午前三時ごろでしょう。ヴィカーズ夫人の部屋に忍び込み、髪の毛を二本切り取って、錠前用の工具をマットレスの下に隠します。血のついたシーツの切れ端を墓に続く小道に置いて、ヴァレリーさんを脅かし、かつらとシーツを階段の下に投げ捨てて姿を消しました。

今までの説明について、どう思われますかな？　シャープさん」

「なるほど」と奇術師はあいかわらずくつろいだ調子で答えた。「これ以上言うことなしですね」

「言うことなしですって？」とツイスト博士は繰り返し、責め立てるかのように相手を指さした。「とんでもない！　まず言うべきは、こんな大それた犯罪は初心者の技ではないということです。犯人は今回初めて試みたのではありません。殺しには熟練しています。一連の企みはすべて、狡知に長けた悪魔的精神の産物にほかならないのです。もうひとつ、ヘンリエッタさんはとても特異なやり方で喉を掻き切られています。細かい点には触れませんが、わたしはそこから別の事件を連想しました……」博士はそこでがらりと口調を変え、隣の警部に話しかけた。「憶えているだろ、ハースト君。土曜の夕方、切り裂きジャックについて話したのを？」

「ああ、そうでしたね！」と警部はあいまいな返事をした。

「〝老女殺し〟との比較についても、たしか話したよね」

「ええ、でもどんな関連があるのか、わたしにはどうも」

「二つの事件とも、犯人がちょうどうまい具合に自殺している。もっとはっきり言うならば、この自殺はそのまま素直に受け取れないんだ……もちろん切り裂きジャックは、もう死んでいるだろうがね。でも〝老女殺し〟のほうは……」

そう言ってツイスト博士は、ロジャー・シャープに睨みつけるような視線をむけた。さすがにシャープも、心なしか肩を落としている。

ドアを守っていた二人の警官が一歩踏み出したとき、こつこつこつとノックの音がした。ドアが開いて、ウィルスンが入ってくる。

「何の用だ、ウィルスン？」とハーストが怒鳴った。「今、忙しいというのがわからんのか？」

「すみません、警部殿。でも、かつらの件で」

若い警官は手にしたかつらを一同に見せている。

「それで？」と警部はいっそうかりかりとした口調で言った。

ウィルスンは真っ赤になっている。

「実は……このかつらにおかしな臭いが……よく嗅いでみるとわかるんですが……」

ハーストはいきなり立ちあがると、どやしつけるように言った。

「また臭いだって？　わたしをからかってるのか？　まったくもう、そんな話ばかりじゃないか、この事件は」

警官のひとりがウィルスンの手からかつらをむしり取ると、くんくん臭いを嗅いだ。「たしかに、この臭いは……」

もうひとりの警官がかつらを受け取る。

「そもそもこの事件には、非常に気にかかる点がひとつありましてね」とツイスト博士が落ち着き払って話し始めた。「犯人はスティーヴン・ヴィカーズの死体をどこに隠していたんでしょう？　殺してからしばらくたてば、耐えがたい悪臭を発したはずです……それじゃあ、どこに？　悪臭が漏れないようにするか……あるいはほかの臭いで隠すかです！　ちょっとそのかつらを貸してみたまえ。いや、どうも」博士は内側の臭いを丹念に嗅ぐと、大きく目を見開いた。「なんと、ハースト君、この臭いは……さあ、きみも嗅いで！」

ハーストも臭いを嗅いでうなずいた。名探偵は破顔一笑し、右側をふり返った。

「さあ、今度はきみだ、カニンガム君。どうだね、何か臭わないか……さあ、さあ、ほら、いいから遠慮しないで……ハースト君、かつらを渡してやりなさい……そう……じぞっとするような笑みを浮かべながら、若い部長刑事はもごもごと口ごもった。

「よく聞こえないぞ」とツイスト博士は優しくうながした。

「もっと大きな声でたのむよ」

カニンガムの顔は身の毛のよだつような表情になっていた。顔面の筋肉が引き攣り、歪んだ口もとはまるでにたにたと笑っているかのようだ。

「ペ……」とカニンガムは蚊の鳴くような声を出した。

「ペン……」

「もっと大声で！」とツイスト博士が怒鳴る。

「ペンキです……」息を詰まらせながらそう言うと、カニンガムは片手をポケットに入れた。

けれども、ツイスト博士のほうが先に銃を取り出し、カニンガムにむかって突きつけた。「諸君、目の前にいるこの男こそ、かの悪名高き〝老女殺し〟です！　そしてヴィカーズ家の三人を殺害し、ヴァレリーさんと結婚して遺産を手に入れようとした犯人なのです！」

エピローグ

ツイスト博士の言葉が終わらないうちに、奇術師が犯人に飛びかかった。どすんと気味の悪い音がして、拳が叩きつけられる。床に横たわった体に、椅子が何度も激しく振りおろされた。

ハーストは、止めに入ろうとする二人の制服警官を身ぶりで制し、腕時計で時間を計った。そして数秒たってから、落ち着き払った様子でこう言った。

「さあ、これくらいでいいでしょう、シャープさん」

二人の警官は奇術師の腕を取り、ぐったりと横たわる体から引き離した。髪を乱し、目を充血させたシャープは、はあはあと喘ぎながら手首を押さえていた。

「こんな怪物は、いくら懲らしめても足りません……あっ痛い！　手首をくじいたらしい……皆さん、正直に言いますが、ただ椅子にすわって待っているのは、本当につらかったですよ……犯人が、すぐ数メートル先にいるっていうのに……」

「いやいや、お見事でした、シャープさん」とツイスト博士は言った。「あなたが平然としているので、やつは不安でたまらなくなっていました。わたしは横目で観察していましたから。ところでウィルスン君、かつらの裏につけたペンキはちょっと多すぎたんじゃないか……」博士はかつらを調べた。「それに、まだ乾いていないじゃないか！」

「さあ、この極悪人を連れて行け！」ハーストはそう警官に命じ、顔を血だらけにして倒れているカニンガムを指さした。「それにしても、シャープさん、ずいぶんこっぴどくやっつけましたな！　これじゃあ女たらしの才能は、もう発揮できないでしょうよ……」

奇術師はかすかに笑みを浮かべ、ツイスト博士のほうにむき直った。

「彼が怪しいと、どうしてわかったんですか？」

「実は鴨のおかげでね」ツイスト博士はにっこり笑ってそう言った。「憶えているだろう、ハースト君。今日の午後、公園のベンチで事件について話していたときのことを。スティーヴン・ヴィカーズの死体を隠せるような場所はどこだろう？　そう考えていたら、子鴨が足をつついたんだ。わたしはびっくりして、サンドウィッチに挟まってたトマトの切れ端を落としてしまい、汁がベンチにくっついて……それで、昨晩カニンガムの部屋で見たドアを思い出したというわけさ。塗ったペンキが滴り落ち……部屋中べたべたで、溶き油を入れた洗面器も置きっぱなしだった！　あんなに下手くそなペンキ塗りは、生まれて初めて見たよ。それに、臭いで喉がひりひりして……どこもかしこも、やつの髪にまでペンキがついていたじゃないか！」ツイストは愉快そうにちらりとかつらを見た。「諸君、そこでわたしは考え始めたのです。どうしてあんなにべたべたと塗りたくったんだろう、いつもは几帳面で注意深い男が、どうしてあんな無造作にってね。それからほら、大きな衣装ケースがあったろう？　ハースト君、きみがあのうえにすわり込んだとき、カニンガムがどんな顔をしたかも思い出したんだ。そうとも、スティーヴン・ヴィカーズの死体は、あの衣装ケースのなかに隠してあったのさ。こうしてわたしの頭のなかで、真実が一挙に明らかになりました。ヴィカーズ嬢の婚約者であるカニンガムは、いずれ莫大な財産を手にすることになる！　ヴィカーズ夫人の取り分も含めてです。夫人の有罪には、もはや疑問の余地がなくなるでしょうから！　ヴァレリーさんと結婚すれば、これで作戦完了です！　いやハースト君、われわれもうかつだったよ、もっと早くこの可能性を考えてみるべきだったんだ」

「まさか、あいつが」と警部は反芻するように言った。「あんなに不器用で内気そうだったのに……」

しばらく沈黙が続いたあと、フレッド・スプリンガーが口を開いた。

「たしか〝老女殺し〟も彼の仕業だったとおっしゃいまし

たよね！　でもあの犯人は、もう少しで捕まりそうになったときに自殺したんじゃないですか？　捜査を指揮したのが、カニンガムで……」

「あれもまた、恐ろしい策略だったのです」とツイスト博士は、いささか感嘆するような目をして言った。「今からおよそ二年前、〝老女殺し〟事件の恐怖は最高潮に達していました。おそらくこのころ、カニンガムはヴァレリーさんと知り合ったのでしょう。まだ確たる計画はなかったものの、彼はヴィカーズ家の財産に目をつけ、〝ひとり暮らしの老女〟連続殺人はそろそろ幕にしようと思いました。結局、大して実入りのいい仕事にならなかったし、ロンドン警視庁が総力をあげて犯人を追っています。犯行のときはいつも外見を変え、用心に用心を重ねてはいましたが、このまま続けるのは危険だからです。そこで彼は、言うなれば〝身辺整理〟をしようと考えたのです。


ともかくあの青年には独特の魅力がある。その点は強調しておきましょう。若い娘から老女まで、あらゆる女性を虜にする、もって生まれた魅力です。頼もしくて男らしい男にひかれる女性もいるでしょう。彼の場合それとは違いますが、おっとりとして控えめな性格、真面目で、教養があって、感じのいい理想の夫タイプ、いささか古めかしい話し方、近ごろよくいる下品で無遠慮な連中とは正反対のぎこちなさが女心をくすぐるのです。彼は内気と自尊心から来るぎこちなさを最大限に活用して、自分を魅力的な人物に仕立てあげました。思うに彼は、不幸な犠牲者たちひとりひとりに合わせるため、その魅力に磨きをかけていったのでしょう。ヘンリエッタでさえも、彼には無関心ではいられませんでした……彼女がどんな目でカニンガムを見ていたか、気がつかなかったかね、ハースト君……まあ、気づくわけないな。きみはすっかり欺かれていたんだ……」

「悪党め！」スプリンガー、ハースト、それにロジャーは声をそろえて言った。

「〝老女殺し〟と縁を切るなら」とツイスト博士は続けた。

「事件をきっぱり終結させたほうがいい、と彼は考えました。いつまでも捜査が長引けば、身に危険が迫るかもしれないからです。そこで〝老女殺し〟の犯人を自殺させることにしました。そして家族も友人もいない哀れな男を犠牲者として選び出し、〝モンタージュ〟作戦を準備し始めたのです。そうです、もうおわかりのように、すべて彼自身が仕組んだことでした。似顔絵描きを連れて目撃者のところへ行き、巧みな誘導訊問によって、選んだ犠牲者とそっくりのモンタージュを描かせる。モンタージュが新聞に発表されたら、〝老女殺し〟と思しき男を、自殺に見せかけて殺す。おまけに、この忌まわしい事件を見事に終わらせた栄誉が、彼の手中に収まるというわけです」

「むむっ！ なんて汚いやつなんだ！」ハーストは目をつりあげ、拳を睨みつけながらうめいた。

ツイスト博士はしばらく間を置いて、また話し始めた。

「ハロルドがオーストラリアから戻り、弟のスティーヴン・ヴィカーズにも相当の財産があるとわかると、カニンガムはそろそろ次の計画を実行に移そうと本気で考え始めたのでしょう。時間をかけてじっくりプランを練りました。そして未来の義父が準備中の小説が、スイッチの役目を果たしました。

それではどうやって、カニンガムは密室から抜け出たのでしょうか？ その答えは、驚くほど単純なものです。ここで忘れてならないのは、ヴィカーズ夫人の有罪を証明するため、充分納得のいく説明をつける必要があったということです。ちなみに夫人の父親は、腕のいい錠前職人でした。おそらくカニンガムは金曜の午後、ハロルド・ヴィカーズを殺すと、ドアの錠前を外しました。そして錠のうえに少し傷をつけ、なかにありふれた金属片を仕込んでまたドアに取り付け、丁寧にニスを塗っておきました。ヴィカーズ夫人を陥れるがための、なかなか巧みな策略です。あの金属片はデッドボルトの刻みが働かなくなるようにして、鍵を空まわりさせるのだと、カニンガムは説明しました……たぶん、不可能ではないでしょう。それに、ドアに鍵がかかっているか確かめたのは彼ですから、誰もこの仮説に反論できません」

「そういえば」ウィルスンがぽんと手を打って言った。「わたしが錠を調べるように導いたのもカニンガムでした！」

「彼は初めからずっと、われわれを思いのままに操っていたんだよ」ツイストはそう言って、うんざりしたように肩をすくめた。「先を続けましょう。彼は差し錠をかけ、錠前とドア枠のあいだにボール紙を入れて、ノブと連動したラッチボルトがかからないようにしておきました。そして窓から外に出て玄関ホールにまわり、ドアを破ったのです。こうすれば、差し錠だけが壊れることになります。立ち去る前に、書斎のドアには鍵をかけておきます。どうしてスプリンガー君と自分自身に、夕食の招待状を出したのかですって？　もちろん、ハロルド・ヴィカーズの作品を文字どおりなぞったわけですが、それだけではありません。書斎のドアを破るとき、どうしても自分自身がその場に居合わせる必要があったからです。ヴィカーズ夫人にもいてもらわねばならないし、事件とは無関係の証人も必要です。それがスプリンガー君、きみだったのです。予定の時間になれば、シャープさんがいなくなること、ヘンリエッタさんや使用人たちはいつも自室にこもっていることも、カニンガムにはわかっていました。婚約者のヴァレリーさんを遠ざけるのはたやすいことです。どうしても観たい芝居があると言ってましたから。そうすればカニンガムを出迎えるのは、当然ヴィカーズ夫人ということになります。土曜の午後八時ごろ、カニンガムは道具一式を持って書斎に忍び込み、知ってのとおりの準備を始めました……ああ、忘れてました！　彼は料理を盛った皿のなかでアルコールを燃やし、ドアが破られる直前に犯人が書斎を抜け出したように見せかけたのです。こんな仕掛けを施したのには、いくつかの意味がありました。まずはハロルド・ヴィカーズの小説どおり、湯気が立っている夕食を準備すること。けれどもそれは、カニンガムにとって恰好のアリバイにもなります。彼がヴィカーズ家に到着したのは九時五分前、ドアを破ったのはそれよりもずっとあとだったからです！彼の目論見どおり、このトリックが見破られても、ヴィカーズ夫人が疑われる可能性のほうがずっと高いでしょう。この仕掛けを実行するのには、夫人がいちばん有利な立場にあるからです」

「それじゃあ、カニンガムを出迎えるときに夫人が聞いたという物音は？」とハーストが叫んだ。

「思わぬ幸運というやつだよ。実についていたんだ。彼はそれを最大限に利用した。こうした事件ではしばしばあることなんだが、われわれは状況につい目を奪われて、冷静な判断が出来なくなってしまうのさ。こんなふうに質問をしなおしてみたらどうかな。誰もいないが、暖炉の火が燃えている部屋で物音がしたら、それは何の音だろうってね」

ハーストとスプリンガーがあっと声をあげた。

「そうとも、諸君、単に薪がはじけた音だったのです！

さて、先を続けましょう。九時二十分前ごろ、彼は書斎を出ました。差し錠はすでに壊されています」

「でも、そうしたら……」

「彼はドアに鍵をかけたあと、少し遠くに止めた車まで駆けていき、それに乗って屋敷の前に戻ってきたのです。玄関の呼び鈴を押したのは九時五分前でした。次に、書斎のドアが開かないとわかった時点に移りましょう。鍵がかかっているかどうか確かめようと言ったのは、もちろんカニンガムでした。ヴィカーズ夫人は、自分の知る限り合鍵はないと答えました。カニンガムはそれを知っていました。一階の鍵は共通になっていることも、彼は知っていました。きっと自分用にひとつ盗むか、合鍵を作っていたはずです。それに玄関の合鍵も作っていました。彼は別の鍵を探すよう、ケスリーにたのみました。ケスリーが鍵を持って戻ってきたとき、ドアに鍵がかかっているかどうか確かめたのは、やはりカニンガムだったのです。彼は鍵穴に鍵を差し込みました。それからどうしたのか、ひとつあててごらんなさい……かかっている錠が開くように、鍵をまわしたのです！　それから困り果てたようにふり返って、鍵はかかっていないと言ったのです。その時点では、それは事実でした！　彼にとって、もっとも危険な一瞬です。もし誰かがノブをまわしてみようと思ったら、ドアは開いてしまうのですから。けれどここでも彼が皆をリードして、ただちにドアを破るようにしむけました。このときドアが開くのを妨げているのは、ノブと連動したラッチボルトだけです。言うまでもないことですが、スプリンガーといっしょにドアに体当たりしたとき、カニンガムは手加減していたのでした……」

　ハーストとスプリンガーは、拳を握りしめ歯ぎしりをして悔しがった。

「実に単純な仕掛けでしたね」ロジャー・シャープは奇術のプロとして、この巧妙な手口には感心したらしい。「わたしの持論が、ここでもまた証明されたわけだ。トリックは単純なほど、効果は大きいんです！」

「このとき」とツイスト博士は続けた。「カニンガムにはまだすべきことが残っていました。ヴィカーズ夫人を錠に近づけねばなりません。鍵で作動するデッドボルトを夫人がドアの内側に押し込めたのだと、あとから主張できるようにです。そのための策略も考えてあったでしょうが、そうするまでもありませんでした。ヴィカーズ夫人がドアに手をかけたからです。

　以上が密室の謎解きです。一見すると、ずいぶん危険な計画のようですが、ドアの鍵を開けたあとの一瞬を除けば、実際のところほとんど危ない点はありません。事件の経緯をふり返ってみるとわかるように、カニンガムはいつもさりげなく捜査を誘導していました。顔が焼け爛れた死体を前にして、弟の話を持ち出し、写真を示し、兄弟がそっくりだったことを強調したのも彼です。錠前を調べるよう主張したのも彼です……諸君、われわれは皆、最初から最後まで操られていたんです」

　眉をしかめながらハーストがたずねる。

「でも屋敷の門を通るとき、墓地に入っていく老人を見たなんて言ったのはどうしてなんですか?」
「ああ、あれか!」と言って、ツイスト博士は愉快そうに手を振りあげた。「憶えているかね、ハースト君。屋敷に来たとき、誰か見かけなかったかとたずねられ、カニンガムは口ごもっていた。どう答えたらいいか考えていたんだ。するとそこへヘンリエッタさんが入ってきて、祖父の発作について話した。カニンガムは病的な想像力に押し流されてしまった。ヘンリエッタの奇妙な話を聞き、捜査の異様な成り行きに心奪われてしまったんだ。出だしは絶妙だった。墓地に入ってゆく老人を見た。そこにはシオドア・ヴィカーズが埋葬されている。もちろん、はっきりとしたことは何も言わない。見たような気がするだけ! なかなか微妙な表現だ。こんなふうに言われると、きっぱり断言したよりもずっと信じたくなるものでね。けれどもあとになって、彼はミスを犯したことに気づいた。もしそのおぼろげな影が犯人だったとしたら、ヴィカーズ夫人の疑惑を否定することになる。目撃した時間から言って、夫人ではありえないのだから。そこで彼はすぐに言いなおした。あれは幻影に違いない、気が立っていたせいなんだと。芝居の約束を取り消したら、いきなり婚約者に電話を切られてしまったから、とか何とか言ってね。ともかくこれは、彼の数少ないミスのひとつだな。

さて今度は、死体の身元が小さな傷痕によって、正式にハロルド・ヴィカーズだと認められた時点に移りましょう。カニンガムは傷痕の存在を知っていたのでしょうか? その可能性は大です。いずれにせよ、衣装ケースに隠してあったスティーヴン・ヴィカーズの死体は、遅かれ早かれ人目にさらすつもりでした。顔が焼け爛れた死体が、身元不明になってしまうこともありえます。けれどもヴィカーズ夫人に疑惑をむけるためには、死体が彼女の夫だと判明させる必要があるからです。身元の明らかなスティーヴンの死体が見つかれば、すべて疑問の余地がなくなります。それにスティーヴンの死体が出てこないと、オーストラリアの遺産もなかなか相続できませんからね。

ところが思いがけない出来事により、事態は急速に展開しました。死体から二本の差し歯が見つかったのです！　その結果、死体はハロルドではないという間違った結論が下されてしまいました！　するとヴィカーズ夫人も犯人ではなくなります！


この知らせをカニンガムに告げたときのことを憶えているだろう、ハースト君？　彼は死人みたいに真っ青になっていました。

そこで彼は決心しました。その晩には事件に最終決着をつけ、一石二鳥、三鳥を狙おうと。まずはスティーヴンの死体が見つかって、身元に関する疑いがなくなるようにする。第二に相続人をもうひとり消す……ヘンリエッタを殺す理由は、ほかにもあったかもしれませんが……（名探偵も想像のつかない理由があったことは、幸い読者諸氏の知るところである）。第三には、ヴィカーズ夫人の有罪にもはや疑いの余地をなくす。手加減せずに、夫人に対する決定的な証拠を示さねば。犯行の心理的側面に考慮はいりません。犯人は常軌を逸し、禍々しい悲喜劇に身を投じたことにするのですから。ちなみにヴィカーズ夫人は母親も気が狂っていました。夫人自身も、あの晩は自分でもわけのわからないことを口走ってたし、彼女はもと女優でした」

「なるほど。でもカニンガムは、ちとやりすぎたようですな」とハーストは満足げに頭を揺らしながら言った。「やつ本人も、いささか気が狂い始めていたんじゃないかと思うくらいですよ。ハサミできれいに切った髪の毛を使うなんて、警官らしからぬ失敗ですからね。夫人の目を覚ますまいとしたんでしょうが」

「それからもう一点、もっと早く気づくべきだったことに触れておきましょう」とツイスト博士は言った。「夕食の準備、特に野菜の準備に関してです。バラ肉の細切りいためやエシャロットなどがありましたよね。もちろんあれは、前もって作ってあったものです。でも、誰が作ったのでしょう？　屋敷の住人でしょうか？　そうとは思えません。

あんな料理を作っていたら、気づかれずにはすみませんからね。けれども、ほかの点から見て犯人は屋敷内に詳しく、被害者のこともよく知っている人物です。この二つの条件を満たすのは誰か？　それはヴァレリーさんの婚約者ただひとりなんです」

「そりゃそうだ」と警部がうめいた。「これですべて明らかになりましたね。それにしてもツイストさん、何とも風変わりな捜査でしたな。特に死体の身元確認について、次々に出てきた問題ときたら！　まずは自殺を疑い、次には弟のスティーヴン、傷痕からハロルド本人かと思ったのもつかの間、差し歯が見つかってすぐにまた弟に逆戻り……ところが墓地でスティーヴンの死体が見つかり、再びすべてがご破算になった！　いやまったく、はっきり言って頭が破裂するかと思いましたよ」警部のしかめ面は、突然大笑いに変わった。「まさに特別メニューの事件でした。おまけに臭いの問題がつきまとって……この点では、ウィルスン刑事の鼻が大活躍だったと認めざるを得ませんね！　これは昇進が近そうだぞ。部長刑事の口がひとつ空いたところだからな……」

若い警官は嬉しさと困惑で顔を赤らめ、もごもごと何か言い訳をすると、早々に部屋から出ていった。ウィルスンの背後で閉まったドアを、スプリンガーとシャープは面白そうに眺めていた。

奇術師は手首を押さえて、しかめ面をした。

「わたしのほうは、しばらく店じまいを余儀なくされそうですね。そのあいだに、ちょっと気分転換にでも出かけようかと思います……妹とヴァレリーを連れて、何週間かバカンスに行ってきますよ。みんなにとっても、それがいちばんでしょう」

「いいお考えです」とツイスト博士は言った。「こんな悪夢は早く忘れないと」

「ヴァレリーのことは心配いりません」とシャープは続けた。「本当のことを知れば、あんな怪物には愛情のかけらもなくなるでしょうし。ツイスト博士、あなたがいなかったら、あの怪物はきっと裁きを逃れていたでしょう。実に見事な推理でしたよ……」

「いやいや、そんな」と博士は謙遜した。

「お世辞じゃありませんよ。こう申しあげたいくらいだ。あなたはすばらしい奇術師になれたでしょうと」

スプリンガーとロジャー・シャープが帰ると、ツイスト博士は叫んだ。

「いけない、忘れるところだった！　さあ急いで、ハースト君、早く家まで送ってくれ！　浴室で待ちかねている相手がいるんだよ。きっとひどい騒ぎになってるぞ！」

「浴室ですって！」と警部はむっとしたように叫んだ。

「でも……その歳で……そんな……」

「愛に年齢は関係ないさ」と博士は悪びれずに言った。

「だって……その……いつからなんです？」

「今日の午後、知り合ったばかりなんだ。セント・ジェイムズ・パークの池でね。一目惚れっていうのかな……そのかわい子ちゃんはわたしから離れようとしないんだ」

「名前を聞いてもいいですか？」

「もちろん。ゼデオンというんだ」

「ゼ……ゼデオンですって」とハーストはびっくりして口ごもった。「でも……」

「ははあ、何か誤解をしているようだな。ゼデオンはかわいい子鴨なんだけどね」

ディクスン・カーに魅せられて

〈ハヤカワ・ミステリ〉が発刊五十周年を迎えたことは、ミステリ界にとって誰しも認める大事件である。心よりお祝いの言葉を述べさせていただくとともに、私はこの機会に感謝の意を表したいと思う。〈ハヤカワ・ミステリ〉に収録されている高名な作家たちの末席に加わることは、私にとって極めて名誉なことであり、本格ミステリの伝統を永久にとどめようとする〈ハヤカワ・ミステリ〉の努力は、まさしく賞賛に値する。

今日、至る所から非難を浴びがちなこのジャンルの文学は、私にしてみれば、依然としてこよなく魅力的なものである。憶えている限り昔から、私はミステリ的な筋立てや謎が大好きだった。これほどまで熱愛するに至ったきっかけは、幼年時代に読み聞かされたおとぎ話にまでさかのぼると思う。物語が魔法使いやドラゴンの悪事に及ぶとき、私は不安で身震いし、妖精が起こす奇蹟——不意に現われたり消えたり、色々なものに変身したり、姿を見えなくする、といった奇妙な出来事の数々——を聞いて、空想をたくましくした。様々な伝説も含め、この種の物語が私たちの心をとらえるのは、二つの根本的な要素に基づいているからだ。

つまり、本格ミステリでもまさに核心となるところの〝恐怖〟と〝謎〟だ。

恐怖。それは殺人者がもたらすものである。殺人者とは、不安の種を撒き散らす邪悪な存在だ。目に見えないものであるだけにいっそう恐ろしい。正体が不明であることは単に知性を刺激する謎というだけでなく、恐ろしさの度合いがいや増す。とりわけ殺人者に、透明人間のような超自然的な能力が与えられているかのような場合には。この不可視で逃れ得ない危険という概念は、よく知られた作品だけを挙げてみても、アガサ・クリスティー『そして誰もいなくなった』、アーサー・コナン・ドイル「まだらの紐」、エドガー・アラン・ポオ「モルグ街の殺人」、ガストン・ルルー『黄色い部屋の秘密』、ジョン・ディクスン・カー『三つの棺』といった、犯罪小説の傑作の多くに存在するものだ。これらの物語はどれも、一見解けない謎を提示している。その多くは内側から鍵のかかった部屋で犯された殺人、すなわち、ミステリというジャンルの原形とも言うべき密室の謎なのである。

私にとっては、ジョン・ディクスン・カーこそが、この観点を最も明白に打ち出してくれた作家である。そのうえ、彼は私に小説を書きたいと思わせてくれた。彼のあらゆる小説を貪るように読んでしまった後、私がすぐにも願ったのは、幼年時代に聞いて育った驚異的な物語の呪文や魔法、味気ない日常生活の現実とは対極にある〝途方もない物語〟をずっと長引かせることだった。

『死が招く』は私が十五年ほど前に書いたもので、この六月に優れたコレクション〈ハヤカワ・ミステリ〉に収録される。本篇は〝不可能犯罪の巨匠〟へのオマージュである。登場人物のリストひとつとってみても、この物語の雰囲気が明瞭にわかるだろう。双子の兄弟や、半ばおかしくなった娘、奇術師、密室専門のミステリ作家。構想中の小説『死が招く』の登場人物の一人と、まったく同様に殺されてしまう不幸な男。それは密室殺人であり、現場では彼の遺体が発見されただけではなく、まだ湯気の立っている料理も見つかった。まるで犯人は魔法の杖を使ってその場を意のままにしたかのようだった。しかし、それは続発する奇怪な事件のほんの始まりでしかないのだ。捜査を担当する不運なアーチボルド・ハースト警部にとっては間違いなく喜ばしいものではないが、〈ハヤカワ・ミステリ〉の読者のみなさんの心を奪うものであって欲しいと思っている。

ポール・アルテ

（編集部訳）

解説

作家　二階堂黎人

「巻を措く能わず」という言葉がある。辞書に拠れば「その書物に強くひきつけられて、一気に終わりまで読まずにいられない」という意味だが、この『死が招く』も、そうした強烈な魅力――いいや、魔力――に満ち溢れている。

昨年（二〇〇二）の五月、ポール・アルテの第一作『第四の扉』がついに翻訳され、〈ハヤカワ・ミステリ〉から刊行された。途端に、日本中でアルテの大ブームが湧き起こったわけである。『第四の扉』は本格推理小説の正統を貫く傑作――という評価の下に読者から大歓迎を受け、各書評（インターネット書評を含む）でも、ほぼ絶賛に近い賞賛の声が列なったのだった。

フランスに、ジョン・ディクスン・カーのような、怪奇趣味に染まった推理小説を書く作家がいる！

ポール・アルテの作品は、カーのように、全作品が密室を中心とした不可能犯罪を扱っている！

前々から、熱心な探偵小説ファンの間で、そうした噂が飛び交っていたが、その一方で、どうせフランスのミステリなんだろう（ピントのずれたサスペンス）と、高を括っていた部分がある。不可能犯罪と言ったって、きっと小粒なトリックに違いないとか、〈どこそこのカー〉とは名ばかりで、話の展開は足下にも及ぶまい――などと、経験則から、ずいぶんとあなどっていた。

もともと、ポール・アルテについての情報を我々に伝えてくれたのは、海外推理小説研究家の森英俊氏や、海外推理小説研究同人誌の《ROM》における詳細なレビューであった。また、メフィスト賞作家の殊能将之氏の読書感想文（氏のサイトに所載）が、それに激しく追い打ちをかけた。

正直言って、最初は眉唾物で話を聞いていた私も（だって、フランス・ミステリだし）、アルテの全貌がだんだん明らかになるにつれて、「おいおい、これはとんでもない化け物かもしれないぞ」と、強い期待をいだくようになり、興奮してきたのである。

そして、私だけではなく、多くの熱心な本格推理小説ファンが、ポール・アルテを早く読みたいと切望した。その待望論が最高潮に達した時、何とあの早川書房が、『第四の扉』の日本語版を刊行してくれたのである！（ありがとう、早川書房！　ありがとう、ポケミス！）

鮮やかな密室トリックが炸裂する『第四の扉』は、我々の想像をまったく裏切らない見事なできばえだった。古典的な定石を踏まえた展開と、メタな展開の混合が絶妙の味わいを醸しだし、我々をワクワクさせるような奇跡が演出される。しかも、英米推理小説黄金時代の芳香が作品全体から濃厚に漂っているのだから、これ以上何を要求しよう！

そして、その味わいと芳香は、ここに訳出された〈ツイスト博士シリーズ〉第二弾の『死が招く』でもまったく減じることはない。古い伝承や呪いにまつわる恐怖。奇術に関する造詣の深さ。オカルト趣味の怪奇的な舞台。不気味な姿をした殺人者。絶対にあり得ないような魔術的な殺人。血も凍るようなサスペンス。緻密な捜査と名探偵の鮮やかな推理——こうした要素が——カーの好んだ、古き良き時代の推理小説ならではの要素が——たっぷりと詰まっているのである。

では、『死が招く』のどんな所が、具体的にカーと似ているのだろうか。

オカルト趣味や密室トリック愛好家であるという点は表面的なものにすぎない。むしろ、物語を作り上げる手順や構成面がよく似ているのだ——というよりも、カーと同じ作法で、物語を組み立てていることが肝心である。

『死が招く』の冒頭には、二年前に起きた連続女性殺人事件の話が出てくる。これは副プロットであるが、すでに犯人は自殺して解決している。主プロットは、密室状態の書斎の中で、できたばかりの料理に埋もれ、この家の主人が顔を焼かれて死んでいるという不可解極まる謎だ。主プロットと副プロットが結末において有機的に結びつく様は、まさにカーの『帽子収集狂事件』や『死の時計』を思わせる。

密室殺人は、現在と過去に同じ状況のものが二度繰り返される。実は、この謎は、一つ一つの事件を個別に考えていては解決できない。何故なら、両者が重奏的に恐怖の楽器を響かせ、それによってとびきり不可解な謎を成立させるからである。こうした事件の組み合わせ方もカーのお得意分野であり、『死が二人をわかつまで』や『死者のノック』、『悪魔のひじの家』などがただちに頭に浮かぶ。

それから、『死が招く』の最初の密室現場に、ある魅力的な小道具があしらわれている。がっちりと施錠された窓の下に、半分だけ水の入ったコップが見つかるのだ。何故、こんな所に、こんなものが置いてあるのだろうか。

犯人が残した奇妙な証拠品のせいで、事件はますます混迷の度合いを深める。凄惨な死体の不気味さはもちろん、小さなコップが生み出す不条理性もピリリと光っている。カーの『弓弦城殺人事件』における〈カチッという音〉や、『曲った蝶番』における動く自動人形の扱いを想起させるのには充分だろう。

その他、死んだ男の亡霊が墓場をうろつく場面や、死者による生前の殺人予言、意外な犯人の正体——これらの個々の趣向も、カーの作品のあれに似ている、これに似ていると、ファンなら即座に叫びたくなる。

さて、ここで少し書誌学的なことを書く。

ポール・アルテは一九五五年（もしくは五六年）に、フランスのアルザス地方はアグノーの町で生まれている。デビューは、一九八七年、ツイスト博士シリーズ第一弾の『第四の扉』である。続いて、翌年、単独作品 *Le Brouillard rouge*（『赤い霧』）を発表。これは〈切り裂きジャック〉的連続殺人事件もので、メルヴィン警視がこの捜査に当たる。警視が残した資料について、次の『死が招く』の中で、ツイスト博士が少しだけ言及している——という洒落た趣向になっているが、そのこと自体は今回の事件とは直接的な関係はない。また、アルテには、一九八五年に書いた *La Malédiction de Barberousse*（『赤髭王の呪い』）という習作があり、一九九五年にツイスト博士ものの一つとして刊行されている。

何が面白いといって、アルテの経歴が、日本の〈新本格推理〉作家の第一世代の経歴とよく似ている点だ。年齢こそ、私や綾辻行人氏、有栖川有栖氏、芦辺拓氏らより三、四歳年上であるけれど、デビュー年は綾辻行人氏と同じだ。つまり、『第四の扉』は『十角館の殺人』と同年に——〈新本格推理〉勃興と同じくして——発表されているのだ。その後、アルテは平均年二冊ほどのペースで新作を発表しているが、これも私たちとほぼ同じ仕事ぶりである。そして何より、カーやクイーンやクリスティーなどの推理小説黄金期の作家に憧れ、ファンが高じたあげくに作家になったという点が完全に同じなのだ。

カーのような作品を書きたい、カーのような密室トリックを考えたい、カーのように恐怖と謎と意外な真相に満ちた物語を発表したい——これがアルテの作家となった動機だが、それはまるで、私たち〈新本格推理〉作家のことを言っているようだ（カーをクイーン、密室を論理と置き換えてもかまわない）。『第四の扉』の訳者あとがきにこんなエピソードが載っている。カーを知った若きアルテが、フランスではカーの本がなかなか手に入らないと知り、パニックに襲われたというのである。これなども、日本の私たちが、カーの本の絶版という壁にぶち当たり、パニックに陥った状況と瓜二つである（私は、カーを全部読破するのに十数年かかった）。

日本と遠く離れたフランス、二つの国で同時多発的に、これほど似通った趣味や傾向を持つ作家が現われたのはどうしてだろうか。はたして偶然なのだろうか。それとも、カーの小説の洗礼を受けた子孫の発生現象として、必然的な結果だったのだろうか。

御存じのとおり、日本では今、新本格推理作家が続々と意欲的な作品を発表し続けている。また、これに呼応する形で、英米を中心とした古典的名作推理小説（私は、これを〈古典〉ではなく〈名典〉と呼びたい）の翻訳も盛んになっている。国書刊行会の〈世界探偵小説全集〉、原書房の〈ヴィンテージ・ミステリ〉、晶文社の〈晶文社ミステリ〉などの好評を得て、早川書房もポケミスに古典（じゃなく名典）を収録し始めたし、この四月から、ミステリ文庫で〈クラシック・セレクション〉を発動した。

要は、形式が古いとか新しいとかの表面的な問題ではなくて、やはり中身に関する特質なのである。どういう舞台や趣向やトリックが推理小説として好適なのか――それを見極めることが大事なのだ。この本質の部分を踏まえることなく、現在の〈名典〉ブームの真相を理解することはできない。

フランスであろうとも、日本であろうとも、真実は一つしかない。カーの書くような、正統的で謎解き興味の強い本格推理小説は圧倒的に面白いのだ。このことに尽きる。だから、アルテはカーを書こうとし、カーそのものに成ろうと頑張っているわけだ。

カーの完璧なクローンと言っても良いアルテであるけれど、もちろん、わずかに本家とは違う部分もある。トリックに関して言えば、カーは力ずくで物理的な作用による欺瞞を得意とする。アルテは、ややロースンのような奇術指向である。また、カーの文体は凝っていて読みにくいという人もいるが、アルテの文章はやさしくてすらすら読める。

だから、カーが苦手という人でも、「アルテは絶対に面白いよ」と、気軽に勧められる。ページをめくる度に二転三転する物語。次々と襲ってくる驚き。読者の予想をはるかに越える結末――『死が招く』には、本格推理小説ならではの楽しみや歓びがぎっしり詰まっている。この小説を読み終わったら、どんな人でも絶対にアルテ・ファンになっているだろう。

HAYAKAWA POCKET MYSTERY BOOKS No. 1732

平《ひら》 岡《おか》 敦《あつし》

1955年生，早稲田大学文学部卒
中央大学大学院修了
フランス文学翻訳家　中央大学講師
訳書
『第四の扉』ポール・アルテ
（早川書房刊）他

この本の型は，縦18.4センチ，横10.6センチのポケット・ブック判です．

検印
廃止

〔死《し》が招《まね》く〕

2003年6月20日印刷　　2003年6月30日発行

著者	ポール・アルテ
訳者	平岡敦
発行者	早川浩
印刷所	星野精版印刷株式会社
表紙印刷	大平舎美術印刷
製本所	株式会社川島製本所

発行所　株式会社　早川書房
東京都千代田区神田多町2ノ2
電話　03-3252-3111（大代表）
振替　00160-3-47799
http://www.hayakawa-online.co.jp

〔乱丁・落丁本は小社制作部宛お送り下さい
送料小社負担にてお取りかえいたします〕

ISBN4-15-001732-8 C0297
Printed and bound in Japan